INSECTE

Née en 1975, Claire Castillon a publié ses deux premiers romans chez Anne Carrière (*Le Grenier*, 2000, et *Je prends racine*, 2001). *La reine Claude* est paru chez Stock en 2002. Elle est également l'auteur d'une pièce de théâtre, *La poupée qui tousse*, qui a fait l'objet de plusieurs représentations. Ses derniers romans sont parus chez Fayard.

Paru dans Le Livre de Poche :

LE GRENIER

JE PRENDS RACINE

POURQUOI TU M'AIMES PAS ?

LA REINE CLAUDE

VOUS PARLER D'ELLE

CLAIRE CASTILLON

Insecte

NOUVELLES

FAYARD

ISBN : 978-2-253-11867-1 – 1re publication LGF

À ma mère.

J'avais dit une

Quand j'ai connu mon mari, il m'a promis une jolie vie. Nous aimions beaucoup voyager, nous nous étions d'ailleurs rencontrés en Iran alors que j'achetais un tapis. Une blague sans conséquence sur un tapis volant, et mon mari a ensuite pu se vanter auprès de ses amis de m'avoir séduite grâce à son humour. Nous nous sommes mariés chez mes parents, qui possèdent une propriété en Touraine, avant de nous installer dans une maison avec jardin, dont on disait qu'elle ressemblait à un cottage anglais. Les soirs où l'on buvait du vin en dînant, je faisais part de mes craintes à mon mari : un homme cagoulé pénétrait dans ma chambre par la porte-fenêtre. Mon mari me couchait en promettant de faire installer des volets, mais bien sûr, au matin, tout était oublié. Je suis d'une nature assez peu angoissée. D'ailleurs, les hommes ont toujours apprécié ma placidité. On peut m'emmener n'importe où, je m'adapte aux températures et aux populations, toujours dans le ton, dans le rythme, un vrai caméléon. Nous avons même vécu à l'étranger, au gré des mutations de mon mari, et, chaque fois, j'ai fait mon trou avec plaisir. Nouvelles connaissances, nouveau décor, nouvelles activités ne m'ont jamais coupé les ailes, au contraire, je suis d'un tempérament optimiste, j'avance bille en tête, et réussir ma vie est mon credo. Depuis que nous sommes rentrés en France, nous continuons à parcourir le monde puisque mon mari a l'opportunité d'être accompagné de son épouse dans ses déplacements professionnels. Je n'ai ni profession salariée ni chien, afin d'être entièrement disponible pour lui. Et puis, je ne sais pas ce que vous en dites de votre côté, mais j'ai ma petite idée sur les occupations d'un homme seul en voyage. Plus de quatre jours seul, et madame est trompée. Oh, ne faites pas cette tête-là ! L'avez-vous vérifié ?

Le seul terrain sur lequel je ne l'aie pas suivi, et ça je le reconnais volontiers – je ne juge personne, mais je le reconnais –, c'est sur son désir d'enfant. Quand il m'a proposé d'en faire un, le ciel m'est tombé sur la tête, j'ai même ri, croyant qu'il plaisantait. Il n'en a plus reparlé pendant un moment, mais ça mijotait. Il s'attardait comme une jeune fille devant les magasins de landaus et souriait bêtement aux petites grâces gesticulant dans les bras de leur père. Réflexe de survie ou pas, j'ai eu peur qu'il aille en faire ailleurs, alors j'ai accepté de devenir mère, mais j'ai négocié. J'ai prévenu que je n'en aurais qu'une. Il a eu l'air étonné, mais c'était comme ça, j'acceptais par amour pour lui, mais à la condition d'avoir une fille. Je finirais bien par m'y attacher, sinon elle se contenterait d'une affection distante. Mon mari était aux anges, je suis tombée enceinte très rapidement, il m'a traitée comme une reine et sans attendre que mon ventre grossisse. J'ai été gâtée, j'ai même eu un collier. Vous savez, ces colliers, comment les appelle-t-on, des rivières je crois, avec des diamants en toc, bien sûr, il n'allait pas m'en offrir des vrais, mais ça faisait illusion ! Je me souviens d'un dîner où les femmes ont défilé à ma table pour admirer mon si beau bijou. Je n'ai pas avoué que c'était du faux, ça ne les regardait pas.

Alors où en étais-je ? Ah oui, enceinte, quelle histoire ! Mon ventre a gonflé d'un coup, c'était à désespérer d'avoir passé presque quarante ans de ma vie à me tenir droite pour ne pas ressembler à mes congénères. On m'a fait passer un examen, et c'est là qu'on s'est rendu compte que j'attendais des jumelles. J'ai tout de suite demandé si elles n'étaient pas siamoises ; l'idée d'avoir deux enfants joints par l'épaule, le pied ou la rate, me répugnait. Beaux comme on était, mon mari et moi, je nous voyais mal supporter un tel fardeau, d'autant qu'avec lui, si peu bricoleur, ça n'aurait pas été une sinécure de fabriquer une poussette ou un lit aux bonnes dimensions. C'est en réfléchissant à ces petites choses du quotidien que j'ai proposé, un peu abruptement, d'accord, d'en supprimer une. Le médecin m'a assuré qu'il n'y avait aucune comparaison possible entre des siamois et des jumeaux. Atterré, il m'a bien expliqué la différence. Les enfants, ce n'est pas ma spécialité, mais ça a bien failli le devenir. Vous imaginez ? Une femme de presque quarante ans contrainte à tenir tête à deux pleureuses du jour au lendemain ? Même mon mari, qui passe pour un saint, les a surnommées les pisseuses, je ne veux pas faire de délation, mais je tiens à préciser que le chenapan rapporteur n'est pas net dans l'affaire.

Deux filles, quelle histoire, et quelle angoisse d'envisager leurs petits trafics à l'adolescence ! Elles ont grandi joliment, on les regardait dans la rue, on me posait des questions complètement idiotes auxquelles je répondais à côté. Je n'allais pas raconter dans quel ordre elles étaient nées ni si j'avais eu mal, d'ailleurs je n'en savais rien, je dormais. Et puis j'ai mis un temps fou avant de les distinguer l'une de l'autre. J'ai trouvé une astuce liée au petit durillon du pouce qu'elles suçaient. Par chance, l'une suçait son pouce droit, et l'autre le gauche, or celle qui suçait le droit avait un D dans son prénom. Je vous passe les détails sur la petite enfance, mais vous voyez bien que, deux, ça faisait beaucoup.

À trois ans, il a fallu les emmener pour la première fois à l'école. Jusque-là on s'était débrouillés avec la berline de mon mari, mais il avait choisi son jour pour être en déplacement, je vous jure ! C'est moi qui ai préparé les filles, elles étaient levées depuis six heures, surexcitées à l'idée d'étrenner leur cartable. Elles avaient échangé leurs robes et se chamaillaient à cause d'une petite barrette, j'ai été obligée de la casser en deux pour finir. Du coup elles ont pleuré, refusé de déjeuner, de s'habiller, refusé de marcher jusqu'à la voiture. Je me suis battue avec celle en D, qui s'agrippait aux coussins du canapé. J'ai dû la porter, moi qui souffre du dos. Et là, loi des séries oblige, ça n'entrait pas dans ma mini-Smart. J'ai essayé d'en faire passer une dans le coffre mais il était encombré par les poussettes. Je les ai finalement assises l'une sur l'autre à la place du mort, ça criait tant que ça pouvait, je n'entendais rien de la radio. Ça roulait bien pour un matin. J'ai ouvert la portière, et j'ai jeté celle du dessus sur le périphérique. Et j'avoue ne pas être très contente de mon geste parce que j'ai jeté la plus sage.

Il faut me comprendre, j'avais prévenu mon mari, je n'ai pris personne en traître, j'avais dit oui, d'accord, mais j'avais dit une.

L'insecte

Il l'attend dans le couloir. Il guette l'heure de son bain pendant que je prépare le dîner. Ça dure depuis deux ou trois semaines, il a réagi bizarrement en voyant son petit soutien-gorge qui séchait avec notre linge sur l'étendoir de la baignoire. Il m'a demandé pourquoi, je lui ai expliqué que c'était bien de commencer jeune femme, de s'habituer très vite à en porter, dès que les seins se mettent à pointer. Il est resté là, à toucher les bretelles et doucement les bonnets, et puis il a ouvert l'armoire à pharmacie et il a pris un stick de déodorant, il a dit qu'il allait le lui offrir pour participer lui aussi à sa petite transformation. Je lui ai expliqué que ces questions devaient se régler entre femmes, alors il n'a pas insisté, il m'a rendu le tube, et c'est moi qui ai initié notre fille à l'usage du déodorant. Hélas, le trouble en lui ne s'est pas dissipé. À table, j'ai vu qu'il la regardait, elle et son soutien-gorge en transparence sous le pull qu'elle m'avait emprunté. Après j'ai perdu le fil, jusqu'au soir où je l'ai surpris près du lavabo, humant la serviette de toilette de la petite, je l'ai vu, mais je me suis dit qu'il s'était trompé, je suis quand même intervenue, évoquant des principes hygiéniques. C'était une erreur, il a dit pardon, alors que je ne lui demandais rien. Il l'a reposée, il s'essuyait simplement le visage et puis voilà.

Seulement, la petite devient bizarre, le soir, elle se réfugie souvent dans la cuisine, pendant que je reprise ou que je prépare des plats à l'avance et que je les répartis dans des barquettes avant de les congeler. Elle préfère lire près de moi ou même apprendre à coudre. Elle a moins envie de descendre avec son père dans le garage, où il s'est fabriqué un petit coin de liberté, au-dessous de notre rez-de-chaussée, pour bricoler. D'ailleurs, depuis peu, il n'aime pas que je m'y rende sans être conviée ; pour la petite, c'est différent ; quand elle le rejoint, elle le regarde travailler, ranger, peindre, et moi je descends sans trop m'aventurer, non pas qu'il crierait, mais je sais que c'est son territoire, c'est comme ma cuisine, chacun son jardin secret, alors je reste sur le pas de la porte, je dis juste à la petite qu'elle doit aller se coucher. Mon mari a installé une sonnette entre le garage et la cuisine, et quand il a besoin de quelque chose, il sonne un coup pour que la petite descende, deux pour moi, si nous sommes disponibles, bien sûr, sinon il monte, sans râler, il n'a rien d'un tortionnaire. Parfois, c'est parce qu'il a envie de grignoter quelque chose ou de consulter un livre ou un journal. Il s'inspire d'images dénichées çà et là pour ses peintures. Il a du talent.

Quand il monte du garage, où il est redescendu après le dîner et où il a traîné sans fin, il est minuit passé, souvent je suis couchée, alors il se glisse dans les draps. Mais maintenant il va la trouver dans sa chambre, je l'entends rentrer et repousser la porte derrière lui. Alors je ferme les yeux. À la télévision, j'ai regardé une émission sur l'inceste, et j'ai expliqué le mot à la petite, qui ne le connaissait pas. Elle a ri un peu bêtement. Ça m'a rassurée. En même temps, je me doute que mon mari ne lui dit pas le mot quand il le fait. Je pose mes mains sur mes oreilles, je voudrais ne pas entendre ce qu'ils fabriquent, c'est comme voir, ce serait trop violent. Depuis la mort de ma mère, je ne supporte pas les sensations fortes, ça me fait tourner la tête, parfois même ça m'endort. La petite est tombée sur le genou mercredi, et de voir le sang perler m'a tourneboulée, je n'ai pas su la soigner, j'ai dû appeler son père. Je voulais descendre au garage, ma fille m'en a empêchée, elle m'a dit qu'elle préférait y aller seule, comme s'il l'avait menacée. Elle a pris le désinfectant, les compresses, et je lui ai tendu des ciseaux, les longs, exprès, ceux qui tranchent bien. En remontant, le genou pansé, elle m'a aidée à la cuisine, je lui ai caressé la tête comme pour la laver de quelque chose, et elle s'est aussitôt après fendu le doigt avec le couvercle d'une conserve. Le sang jaillissait, elle s'est mise à pleurer, alors je l'ai grondée, puis j'ai pleuré aussi. J'ai appuyé sur la sonnette, pour que mon mari monte nous aider. J'essayais de ne pas cligner des yeux, de ne rien manquer de ses gestes. Je l'ai vu prendre le doigt de la petite, le nettoyer et le bander.

Je n'ai rien noté de particulier entre eux, à peine un trouble lié au sang qui n'arrêtait pas de couler et même, à un moment, directement sur ses cuisses d'enfant. Puis mon mari est redescendu travailler, il a proposé à la petite de l'accompagner, mais elle a refusé, a cherché mon regard, elle a dit qu'elle voulait m'aider, et moi, pour détendre l'atmosphère, j'ai répondu qu'elle allait s'asseoir dans un coin et me regarder faire, parce que sinon elle ne finirait pas la journée. Du coup, on a ri ensemble, tous les trois, comme avant, et j'ai senti un profond bien-être bouger en moi. Un instant, j'ai craint qu'il ne s'agisse d'un autre enfant et pourquoi pas d'une femme, ou d'un insecte, je l'ai pensé comme ça, dans cet ordre. Un insecte vénéneux, qui allait rendre mon mari à nouveau fou d'ici quelques années. Notre fille devient si gracieuse, je ne voudrais pas qu'il la brise. Mais comment en parler sans tout casser, on est si bien, ici, ensemble, il ne faut pas bouger.

Ma fille vient m'embrasser avant de dormir. On s'assoit au salon, on regarde ma collection d'insectes miniatures posés sur la table. Elle caresse aussi le coléoptère bleu pendu à la chaîne de mon cou, elle l'appelle par des petits noms, elle le connaît depuis qu'elle est née. Mon mari m'a toujours encouragée à faire collection de ces petites bêtes, il dit que je suis moi-même un animal étrange, un insecte bizarre, une drôle d'espèce de femme. La petite est habituée à ne les toucher qu'en ma présence, ils se brisent rien qu'en les regardant, il faut savoir les prendre. Ce sont des hommes, ils ont l'air fort, avec leur carapace, leur armure, leurs antennes, mais, sitôt la nuit tombée, je me demande s'ils ne vont pas tous gratter à la porte de ma fille, passer dessous pour les plus agiles, et la prendre. Sur ordre du maître. Mais je ne dois pas imaginer des scènes comme celles-là, je dois me protéger, étouffer ce sentiment qui m'envahit trop fort dès qu'il est dans sa chambre.

D'ailleurs, déjà, mon mari quitte la chambre de la petite, il a fait vite ce soir. Il vient se coucher près de moi et dit Bonsoir ma belle, en embrassant ma bouche. Je sens l'odeur de ma fille et je le serre contre moi comme si je la serrais, elle, dans son lit mis à sac par l'homme qui dort dans le mien. Je pose la main sur son sexe, je veux voir quelle taille il a, ce qui est précisément entré dans ma fille. Ça ravive ses ardeurs, il me prend, comme elle ? Comment la prend-il ? La jeune fille prend ma place. Mon mari me fait l'amour, à mon oreille il dit des mots un peu crus, parfois furieux mais doux aussi, aimants. Pour que je vienne, il dit là, là, là, comme on calme un enfant.

Une nuit, la petite pousse un hurlement, mon mari saute du lit, se précipite dans sa chambre, je me lève à mon tour, portée par une force, oui cette fois c'en est une, et je m'approche de la porte, qu'il a soigneusement refermée. J'écoute et n'entends rien qu'un papa qui dit là, là, là. Il doit calmer l'enfant, sinon comment lui expliquer qu'il n'a pas le droit de faire ça, même proprement, même sans penser à mal. Je repars dans le lit, il revient vite, c'était juste un cauchemar, à présent tout va bien. Demain il y a école, elle sera protégée. Après-demain, peut-être que j'aurai du courage et que je pourrai l'emmener, loin d'ici, hors de lui. Je me colle à mon mari, j'aime tellement cet homme-là, sa peau et son odeur, sa présence et sa voix. Tout est de ma faute. Je n'aurais jamais dû acheter si tôt ce soutien-gorge à ma fille. Quel besoin ai-je eu, perverse, d'aller parler de ses petits seins naissants à un homme qui vit sous le même toit. Je suis folle ou quoi ?

Le matin, ils partent pour l'école, il la dépose, c'est sur son trajet. Elle a le droit de s'asseoir à l'avant, depuis qu'elle porte un soutien-gorge. Elle me fait un geste de la main, en souriant derrière la vitre, elle me pardonne de l'abandonner à son bourreau, c'est classique. Dans l'émission, ils le disaient. L'enfant abusée par le père défend sa mère. En se pliant à ce qu'on lui demande, elle garantit l'équilibre familial. Ou quelque chose comme ça. Ce matin, son père clignait de l'œil. J'ai fait celle qui ne voyait pas, mais, lorsqu'il lui a dit Retrouve-moi au garage, je sors la voiture, il a fait un clin d'œil. J'ai voulu descendre avec elle, pour être là, voir ce qui se passait, mais elle m'en a empêchée, elle a dit Déjà que c'est mon père qui m'emmène à l'école, je n'ai pas besoin de ma mère pour descendre au garage, et elle a haussé les épaules. Je n'ai pas voulu insister, j'ai senti qu'elle me protégeait et que lui refuser son attention serait indélicat.

Quand elle est à l'école, je lave son linge et les serviettes, je me dis que, si l'excitation de mon mari peut venir d'une odeur – on parle de phéromones dans les affaires sexuelles –, il faut nettoyer. Pendu à mon cou, le petit insecte volant rebondit entre mes seins, pendant que je m'échine à faire briller tout ça, il faut que ça sente le propre, je ne veux plus qu'il la touche. Je ne veux pas qu'il parte.

Ce soir, assise à la cuisine, j'attends mon mari avec ma fille qui a mis une jolie table pour fêter quelque chose – c'est mon anniversaire. Et soudain j'entends la sonnette. Un coup. Ma fille file au garage. Je la laisse faire. C'est mon anniversaire. Dans vingt minutes le rôti sera cuit, ils ont juste le temps de se toucher un peu avant le dîner. En descendant, elle n'a pas l'air affolée, peut-être que finalement ça lui plaît, peut-être que dans certaines civilisations ça se pratique, c'est une question de culture. J'attends dans la cuisine, j'essaye de ne penser à rien, je me concentre sur la forme de mes organes. Et soudain la sonnette retentit sans arrêt, pas un coup, ni deux, mais une sirène hurlante, comme si le corps de ma fille contre la cloison appuyait sur le bouton, sans relâche, comme si pilonnée par le père elle ne pouvait plus épargner la mère. C'est son cri qui sort par les murs de la cuisine pendant que le rôti suinte et que les patates se dorent contre la bête à cuire. Et la sonnerie devient folle. Je descends l'escalier, j'écoute à la porte et j'entends mon mari dire qu'on ne va jamais arriver à la monter, celle-là. Il dit « celle-là ». Alors tant pis, j'ouvre la porte du garage. Si c'est trop difficile à regarder, je la refermerai doucement et tout sera comme avant. Je vois mon mari à un bout de la pièce, ma petite fille à l'autre, coincée contre le mur, et mon mari qui peste, là, contre l'établi, leurs mains crispées sur un grand rectangle qu'ils essayent de déplacer, précautionneusement, pour ne pas l'abîmer. Ma fille me voit et dit Plus la peine de monter par le petit escalier, on va pouvoir passer par la grande porte, regarde qui est là ! Mon mari pose l'objet, et le drap qui le recouvre tombe alors, découvrant une peinture de quatre mètres sur deux, le portrait d'une femme qui ressemble à un insecte, un coléoptère pour mon anniversaire.

Ma fille mange du rôti. Elle dit qu'ils ont eu du mal à cacher le tableau jusque-là, depuis un mois elle suit jour après jour l'avancée du travail, c'est elle qui a eu l'idée du dessin, même si c'est son père qui l'a exécuté. Et ce qu'ils voulaient, c'était voir ma surprise, est-ce que je n'ai rien remarqué ? Aucune cachotterie ? Ils avaient peur qu'à force je me sente rejetée. Ils voulaient que le tableau soit gigantesque, comme leur amour pour moi. Je pleure, ma fille sourit, alors mon homme me prend tout contre lui, il dit là, là, là, et moi je lui demande s'il veut encore des pommes de terre, ce sont des rattes du Touquet, c'est assez rare, mais j'en ai trouvé.

Un anorak et des bottes fourrées

– Avance, c'est toi qui as voulu sortir et maintenant tu traînes ! Il ne va plus rien rester ! Je te préviens que, s'il n'y a plus de blouson, je vais m'énerver. Ça va faire comme la dernière fois, on est arrivées après tout le monde, merci bien. Ça ne sert à rien d'aller aux soldes dans ces cas-là, tu n'as qu'à me donner l'argent et me laisser tranquille. Je ne sais pas pourquoi tu me colles, j'ai l'âge de faire mes courses toute seule. Tout ce qui t'intéresse, c'est de regarder les étiquettes pour voir si ça va se déformer ou si ça se lave, et pendant ce temps-là, tout disparaît. Avance, c'est pas sorcier, un pied, puis l'autre, c'est sûr que si tu essaies de lancer les deux, ça ne peut pas marcher, tu le fais exprès ou quoi ?

Elle m'énerve avec son cancer, elle n'a pas idée. On lui a d'abord prescrit quelques rayons, ça ne devait pas être méchant. Finalement, on lui a fait neuf chimiothérapies. À force de s'écouter, comme dit papa, elle a laissé s'installer la maladie. Du coup, elle n'a plus un cheveu sur la tête et sa perruque la démange, alors souvent elle la retire, on lui a dit que ça nous choquait un peu parce que son crâne chauve est gênant, mais elle la retire quand même. Pour rire, on l'appelle Tête d'Œuf, Yul Brynner ou Bille de Noix. Le maquillage ne prend plus sur son teint jaune, mais elle s'acharne, alors elle en met trop, et l'autre jour, alors que je l'avais accompagnée faire quelques pas dans le jardin de l'hôpital, j'ai entendu quelqu'un dire Le travelo arrive, alors pour plaisanter, je lui ai conseillé de se faire embaucher dans un cabaret. Mais ça ne l'a pas fait rire, j'ai été obligée de préciser que c'était de l'humour, oh là là, un peu de recul à la fin.

Elle marche tout doucement, elle souffle comme un bœuf, je la soupçonne de boire, quand elle parle je comprends un mot sur deux et elle a le regard flou. Du coup, j'essaye d'être le moins possible à la maison quand elle s'y trouve ; après les cours, je traîne au café et, le week-end, je vais chez des amis.

– Avance je te dis, il y a cinquante pour cent, mais, s'il ne reste plus que les trucs à vingt pour cent, je ne vois pas l'intérêt, on sera venues pour rien. Avance, zut à la fin. Et cache ta poche à suint, elle dépasse.

Elle m'attrape le bras, ça m'exaspère, j'ai l'impression de promener ma grand-mère. Je vais lui acheter une laisse, avec un harnais, lui trouver une bonne raison de suffoquer. Elle accélère un peu, quand même. Je lui arrange le col de son manteau et elle me remercie, alors je m'énerve, il faudrait arrêter avec les remerciements, les soupirs et la mièvrerie. Elle me demande de me calmer, alors que je suis calme, je veux juste avoir mon blouson, noir, comme celui de ma copine. Maman dit que, s'il n'y en a pas dans cette boutique, on cherchera ailleurs, même non soldé, de toute façon elle tient à me l'offrir, elle me l'a promis, alors je lui dis que vraiment on n'a pas idée de ficher l'argent par les fenêtres comme ça. Les soldes, c'est pas fait pour les chiens. D'ailleurs je veux un chien. Au fait, j'ai eu 3 en physique, mais je m'en fiche puisque je vais opter pour un bac littéraire. Et je me suis fait virer du cours de gymnastique parce que je fumais dans le vestiaire, tu veux peut-être me faire une leçon sur le tabac ? Vas-y, qu'on rigole.

Dans le magasin, tout le monde la regarde, elle ressemble aux images des livres d'histoire, avec seulement les os sous la peau, et le visage diaboliquement amaigri, comme dit le professeur d'histoire. Du coup, on nous sert en premier, quelqu'un lui propose une chaise, et moi, je lui dis que ça va, quand même, pour deux minutes elle peut rester debout. Elle trouve mon blouson joli, elle me tend des gilets, de gros pulls avec un grand col, des manteaux, des écharpes, elle demande s'il y a des bonnets, elle dit qu'il faut que j'aie bien chaud l'hiver prochain. On lui fait répéter. Articule ! on ne comprend rien, c'est les soldes, tu piges ou pas ? Les vendeurs ont autre chose à faire que d'essayer de lire sur tes lèvres, alors fais un effort ! Elle me trouve une parka avec une capuche en fourrure, et de larges poches, elle dit que c'est bien d'avoir des poches, qu'on peut tout mettre dedans et voyager léger. Je lui dis que je ne pars pas en voyage, alors elle insiste, Tu me la prêteras, prends-la.

Elle m'énerve avec ses réflexions. La mère de ma copine, quand elle a eu son cancer, elle n'en a pas fait une histoire, et aujourd'hui elle est guérie. Elle a vécu comme si de rien n'était. Peut-être que ce n'était pas généralisé, mais elle a fait des efforts, et la volonté est la clef du succès, c'est tout. Alors que si on ne pense qu'à soi, forcément. Si ma mère pensait un peu à nous, à moi, elle ne se laisserait pas tomber si bas, c'est impossible, il y a quelque chose de sadique dans sa manière de nous imposer sa maladie, elle nous la transmet. Allez, on sort d'ici, on nous a assez regardées. J'ai envie de rentrer. De toute façon, je déteste quand maman me gâte, ça me donne envie de pleurer, même quand elle n'était pas malade je n'aimais pas ça, cette impression de lui avoir fait partager un moment de ma journée, ce qui pour moi n'est rien que du profit, et pour elle un peu de détente et d'oubli. Mais elle ne veut pas rentrer, elle tient à m'acheter des bottes en cuir pour la ville, et aussi des bottes fourrées. Je lui dis qu'on verra l'hiver venu, mais elle trouve que c'est bien de les acheter maintenant. Pendant que j'essaye une paire qui me plaît, elle enfile des bottes dans lesquelles elle se sent bien, elle dit que ça tient très chaud et que c'est agréable, alors la vendeuse s'exclame, Par cette chaleur je ne sais pas comment vous faites ! Quelle imbécile celle-là aussi ! Ça la concerne ? Ma mère me fait les gros yeux et en prend une paire, elle dit qu'elle les garde aux pieds, et on sort du magasin.

Elle me demande si elle peut retirer sa perruque, la chaleur lui fait gonfler la tête, elle va mettre un foulard. Elle se cache comme elle peut derrière un arbre et remplace ses faux cheveux par un turban mal noué.

– Tu l'as mis de travers, on dirait une folle.

– Tu me l'arranges, s'il te plaît ?

– Si je t'aide, tu retires tes bottes fourrées. Je ne veux pas qu'on nous regarde.

On dirait qu'elle n'entend pas, mais, comme dit papa, le cancer ne rend pas sourd, en tout cas pas celui-là, c'est la preuve qu'elle fait la sourde oreille. Elle a envoyé sa tête en vacances, c'est facile, à nous de nous débrouiller avec son corps dégoûtant. C'est moi, hier soir encore, qui lui ai lavé les jambes. Elle m'a appelée de la baignoire, elle n'arrivait plus à les bouger.

Elle veut m'acheter un goûter, à quatre heures, il faut manger. J'accepte à condition qu'elle prenne aussi un gâteau, mais elle a la nausée, et je lui demande d'arrêter de s'écouter. Elle me dit de la laisser en paix, juste le temps qu'elle parte. Et elle le dit pour moi, elle va mourir, d'ici peu de temps. Elle dit Écoute-moi, même si c'est difficile à accepter, je vais mourir et c'est presque fait. Je ris, jaune, comme mon père qui a souvent des larmes dans les yeux ces temps derniers, comme mon frère qui baisse le nez et n'en finit pas de muer, sa voix part haut, puis bas, paradis ou enfer, il choisit, ne sait pas, il a sûrement peur depuis longtemps, comme moi.

Je hurle. Si ma mère n'était pas là, qui me dirait les choses tout simplement, comme ça ? Elle, je peux la croire quand elle dit qu'elle va crever. Pas les docteurs qui avaient promis de la sauver. On s'assoit sur un banc. J'enfile mes bottes fourrées, mon pull et ma parka. L'hiver prochain sera rude, j'ai encore sa chaleur à emmagasiner. Je la laisse glisser sa main gelée dans ma poche. En avant. Chez nous, on y est presque, c'est comme le cœur, au bout de l'artère, c'est la première à gauche.

Ma meilleure amie

Ma fille est ma meilleure amie. On s'est toujours entendues et comprises, poussées l'une vers l'autre par un élan juste et léger. Depuis qu'elle a eu quatorze ans, on parle même de sexualité. Je lui explique comment s'habiller pour séduire, comment préparer son corps à l'amour, comment masser, caresser, plaire. On descend dans la rue, on s'amuse à regarder les hommes, et quand ils se retournent, il nous arrive d'éclater de rire ou de leur tirer la langue. On s'entend vraiment bien. Je dis toujours que c'est une chance pour elle d'avoir connu, en sus du lien paternel, cette osmose seulement fusionnelle, sans autorité ni règle. Je l'accompagne en discothèque, elle m'appelle par mon prénom et j'apprends à ses amis à frapper des tequilas. Pendant ce temps, son père m'attend à la maison, et râle parfois contre ce qu'il appelle ma crise d'adolescence. Il est responsable et sérieux, je peux lui confier les courses et le ménage. Quand il rentre du travail, il nous trouve toutes les deux dans la chambre de Cathy, on refait le monde, assises sur le lit, on parle de Jérôme, le garçon qu'elle aime bien, et de

Lorie, la chanteuse. On accroche des affiches de films, on fait des photos de mode, on se maquille, on danse sur la musique à fond, et quand il entre dans la chambre, on fait les folles, on lui saute au cou. Il va mettre le couvert pendant qu'on finit de jouer. J'ai toujours un surgelé de côté, qu'on réchauffe vite fait avant de passer à table. Parfois on envoie mon mari chercher des McDonald, et quand il y a des jeux dans la boîte en carton, on les lui fiche à la figure, elle nous plaît bien, sa tête, dans ces cas-là.

Pendant le dîner, Cathy et moi racontons à son père les histoires du lycée, quelquefois il me dit de laisser parler Cathy, il paraît que j'en fais trop. Cathy et moi, on pouffe. Et pendant qu'elle raconte, on se donne des petits coups de pied sous la table, on imite Jérôme, dans la discothèque, l'autre soir, qui s'est trompé en voulant lui faire du genou et m'en a fait à moi ! Si mon mari s'aperçoit de nos enfantillages, il nous traite de pestes et nous prie de l'aider à débarrasser, on se soumet, surtout Cathy qui n'aime pas lui déplaire. Mais on tient bon pour le choix du programme à la télévision. On lui zappe ses nouvelles sans complexe, on préfère le jeu avec ces conjoints en compétition qui doivent deviner leurs désirs respectifs. Depuis quelque temps, c'est un peu dur pour moi de la voir aller se coucher toute seule, alors qu'on pourrait continuer à faire les filles en bavassant une partie de la nuit, mais je ne perds pas de vue que j'ai aussi un mari, et contrairement à ce qu'il prétend parfois, quand je négocie des sorties en boîte de nuit, je remplis aussi mon rôle de femme. Ce n'est pas parce que je sais m'amuser, que je ne suis plus chatte et aimante avec mon mari. D'ailleurs, me comporter en bonne épouse est une façon de montrer à notre fille comment garder un homme.

Oh ! bien sûr mon mari a tendance à me faire payer ma bonne humeur du dîner et, piqué, vexé par nos messes basses, il me témoigne en retenue ce que je lui retire en attentions. D'ailleurs ce soir, alors que je me frotte à lui en pensant à la méthode idoine pour que Véro, l'ennemie de Cathy, arrête de solliciter Jérôme, mon mari dit que ma tenue de collégienne ne l'excite pas du tout, il me demande d'essayer de m'habiller comme avant, et moi je me fâche, il ne supporte pas que je m'amuse. Je me couche sur lui, je reprends mes droits, mais il détourne la tête, il dit que ma nuisette Mickey, franchement, il n'a pas envie de la voir ou de la baiser, et il le dit sur ce ton-là, en employant ce verbe-là. Je lui propose de me l'arracher et il me considère avec horreur. Incrédule, je m'assois sur le bord du lit.

– T'es vraiment relou.

– Pardon ?

– T'es relou. Tu kiffes rien.

– Non mais tu perds la tête ? Tu t'entends ? Alors que tu ferais mieux de corriger Cathy pour qu'elle fasse un peu attention à ce qu'elle dit ! Tu es fière de ses notes de français ? Et toi, tu es là, à lui donner des cours de biologie, des fois qu'elle ne trouve pas toute seule par où ça rentre et comment ça marche ! Tu es tombée sur la tête ou quoi ?

– Va te faire enculer.

En pouffant, je me lève d'un bond et file vers la chambre de Cathy. Je la trouve endormie et j'allume doucement la lumière pour lui demander si je peux dormir avec elle. Un peu abrutie, elle m'accueille sous ses draps. On passe la nuit toutes les deux, avec entre nous, gravés sur nos poitrines, Mickey dingue de tennis sur elle, et Mickey dingue de jazz, sur moi.

L'ambiance du matin est morose. Je trouve mon mari habillé, fin prêt pour aller travailler. Il embrasse Cathy, et moi rien. Du coup, je pouffe. Il me lance un regard tellement noir que je suis obligée de plisser le mien pour tenir, il part en claquant la porte. Avec Cathy, on attend quatre secondes et on explose de rire. Après, elle me dit qu'elle n'aime pas que je me fâche avec son papa. Demain, samedi, on ira faire du shopping et peut-être un bowling, seulement s'il pleut, sinon on préfère traîner au jardin, on fait du roller, c'est chouette. Mon mari, que je ne veux plus appeler Jean-Jacques, ça fait ringard, alors Jacky, passe derrière les grilles avec le caddy des courses. Je me précipite pour prendre dedans un paquet de gâteaux, et j'en distribue à tout le monde. Parfois je râle parce qu'il a acheté des Paille d'or, et franchement, il y a mieux pour avoir la cote dans la bande. Cathy me dit que je ne devrais pas faire autant de réflexions à son père.

J'ai offert en cachette un téléphone portable à ma fille. Son père était contre, il ne voyait pas l'utilité d'un pareil objet pour une adolescente qui allait dépenser son forfait en répétant le soir à ses amies, ce qu'elle avait déjà raconté dans les grandes largeurs toute la journée. Mais, comme on tenait vraiment à garder le contact, au moins par texto, je lui en ai acheté un tout petit qu'elle éteint dès que son père rentre à la maison. Pour la prévenir, si elle est en communication, je me racle la gorge ou je dis très fort Oh chéri ! C'est toi ? Déjà là ?

Quand je suis au bureau, je m'étonne d'entendre mes collègues parler de leurs enfants comme de virus ou de problèmes de société. Quand je prends part aux conversations, quand je montre des photos de vacances ou de week-end, je vois bien que certaines m'envient, mais d'autres sont choquées, elles disent comme mon mari, elles évoquent l'histoire des frontières et des limites. Pourtant ma fille n'est pas un territoire ennemi.

Mon mari, en revanche, n'encaisse pas mon insulte de la veille. Et le soir ne le voit pas revenir de meilleure humeur que le matin. Je me replie chez ma fille, et, à nous deux, on trouve enfin le moyen d'éloigner Véro, seul obstacle pour que Jérôme cède enfin aux avances de Cathy. On a réussi à prendre Véro en photo, pendue au cou d'un garçon en boîte de nuit, alors qu'elle dit aimer Jérôme et lui a promis de ne jamais se laisser embrasser par qui que ce soit d'autre. Elle n'a plus qu'à aller se rhabiller ! Je raconte ça à mon mari, qui me répond que, franchement, de quoi je me mêle. On reste en froid, on dort fesses contre fesses, on se réveille et on se lève sans même se toucher la main, il ferme la porte de la salle de bains, beurre ses tartines, ne découpe que le pain nécessaire pour lui et Cathy. Il prépare son café, fait ses lessives, achète sa nourriture, boit son vin, sépare ses affaires des miennes, mais, peu importe, j'ai Cathy, ma meilleure amie. Quelquefois je la sens mal à l'aise, elle se demande si son père ne souffre pas à juste titre de notre complicité, et si je ne devrais pas essayer de me rapprocher de lui et jouer mon rôle de femme, être femme d'ailleurs, femme n'est pas un rôle. J'essaye de la faire redescendre un peu, mais elle reste haut perchée, sur sa raison nouvelle, elle dit qu'une mère n'est pas une adolescente. Je sais que ça lui passera et je vais me coucher, près de mon mari, en chantonnant un tube trop bien, pendant qu'il lit un livre sur la France paysanne. Heureusement, demain soir, Jérôme vient dîner, on va s'amuser.

Je prépare un dîner décontracté, et mon mari fait la moue devant les chips et les club-sandwichs. Je cherche le soutien de Cathy, mais son regard froid me transperce ; discrètement, elle me dit que j'aurais pu penser à préparer autre chose, parce qu'on aura l'air de rien devant Jérôme dont le père tient un relais gastronomique. En plus, la salade entre les dents, merci bien. J'essaye de les faire rire en imitant le zézaiement de la prof de maths, mais, quand Jérôme s'étonne de me voir si bien renseignée, Cathy dit seulement Laisse tomber, elle ne la connaît pas. Mon mari dévore son club-sandwich, ses chips et son verre de rouge, avec aux lèvres un sourire pitoyable.

Après le dîner, je traîne un peu avec lui, enfin dans la même pièce parce qu'il est occupé. Personne n'a débarrassé, Cathy s'est enfermée dans sa chambre avec Jérôme. Je me dis que je vais aller passer un moment avec eux, on pourrait danser sur la compilation destroy-enigma, je vais la chercher dans la voiture. Quand je remonte, je frappe à la porte de la chambre de Cathy, et j'entre. Je la trouve à cheval sur Jérôme, alors je ressors discrètement pour attraper l'appareil photo dans un tiroir de la cuisine, et je pénètre dans la chambre. Ils sont si concentrés par leur baiser qu'ils ne m'entendent pas approcher, et là, clic-clac les tourtereaux ! je les prends en photo. Ça va pas ! hurle ma fille, t'es folle ou quoi ? Elle attrape l'appareil et le jette par terre, elle pointe son doigt vers moi, elle dit Tu vas me lâcher, oui ? Pot de colle ! tu n'as rien à faire ici ! C'est moche ce que tu fais, nul, c'est un truc de malade, t'es complètement abrutie, hein ! Et elle me pousse dehors, me fait reculer, une main sur chaque sein, et puis la porte au nez.

Mon mari, attiré par le raffut, me trouve assise par terre, choquée, et la compil' serrée contre mon cœur. Il passe sa route, il dit seulement Tu viens te coucher ?

Je sais que demain ça ira mieux, j'ai confiance, on dit que c'est normal, les heurts violents entre copines à l'adolescence.

Ils ont bu du champagne au restaurant

Je suis tachycardiaque. Mon cœur panique, ma mère dit que ça passera. Avec l'âge, les émotions s'estompent. Pour le moment, il suffit de définir la nature de la peur et de l'éviter à temps. Ça commence par battre à tout rompre parce qu'il me dit Au fait, et là, je sens qu'il va se produire le même emballement que quand il me dit Pendant que j'y pense ou Tiens, je ne t'ai pas dit. J'aimerais être sourde ; ce que je verrai de mes propres yeux ne pourra pas être mensongèrement exprimé par mon époux. Ce que je ne veux pas, c'est qu'on me raconte des sornettes, parce que, dans ces cas-là, comme je fais semblant de ne pas le remarquer, je deviens complice de la sornette, et mon cœur au-dedans sait que je le trahis et ça le met hors de lui. Mon cœur est bien plus spontané que moi avec ces choses-là. Il peut me lâcher. Il s'emballe avant que le mensonge sorte, mais mon mari n'entend pas les battements, alors il dit ces choses, quand même. Laisse-le vivre, dit maman, il ne fait rien de mal, il travaille beaucoup, ne cherche pas de mystère, tu l'as pris avec le défaut de ses qualités, c'est un bûcheur, tu ne le changeras pas, il faut accepter les êtres comme ils sont. Il en aurait lui aussi des choses à te reprocher, dit-elle encore, des choses à dire, sur toi et ton comportement, ton manque de respect pour les engagements. D'ailleurs, qui te dit qu'il te ment ? Une réunion, si tu travaillais, tu saurais que ça existe.

Je suis tachycardiaque et paranoïaque. Laisse-le un peu en paix, dit encore ma mère, il pourrait se fâcher et il aurait raison.

Je laisse faire, je tachycardise discrètement quand il m'annonce qu'il rentrera un peu plus tard que prévu, ou bien quand il me téléphone, déjà dehors et loin, pour me dire Tiens, au fait, je ne sais plus si je t'ai dit. Et là j'appelle ma mère, je tachycardiserais volontiers en compagnie, même sans le dire, le temps que ça se calme, le temps de parler d'autre chose, mais ma mère est souvent sur répondeur.

Du coup, pour passer le temps, je fouille dans ses lettres et ses photos. Je cherche des dates, des symboles, des messages, il y a une boîte que je n'avais jamais ouverte, je ne pensais pas qu'il y aurait à faire jusque dans son meuble à vêtements, il y en a déjà tellement dans les coins de son bureau, dans les boîtes à chaussures. Je me rends compte qu'à l'université il a fréquenté Céline Demongin des Gachons, alors qu'il m'assure le contraire quand je lui pose la question. Il dit n'aimer ni son style ni sa pensée et ne m'avoir jamais trompée. Si ça datait de la fac, maintenant qu'on est mariés, il me le dirait. Pourtant elle lui écrit des mots comme *mon amour, mon corps encore*, je ne sais pas quoi, *chaud de ta peau, ton sexe mort*, je n'arrive pas à lire, *de mes doigts, nos lèvres mêlées*.

Je laisse un message sur le répondeur de maman, je lui dis que Patrice a bien eu une aventure avec Céline Demongin des Gachons. Tu te souviens, la fille avec un blouson en peau, enfin bon, si, tu sais, elle s'était fait opérer des yeux, ça n'a pas d'importance, rappelle-moi si tu trouves que ça en a, je voudrais bien en parler un peu, même pas longtemps. Je sais que je t'énerve. Je n'ai pas vraiment fouillé, j'aurais pu aussi tomber dessus par hasard, mais à ton avis, pourquoi sexe mort ?

En attendant que ma mère rappelle, je tachycardise devant l'album de notre mariage, je me dis que je devrais m'en réjouir aujourd'hui que ça fait cinq ans, y pensera-t-il tout à l'heure en rentrant ? Pour nos quatre ans, il avait oublié, mais maman m'a dit d'arrêter avec ça, que c'est le propre des gens qui ne fichent rien de se fixer sur des dates, bêtement. Ce soir, j'aurai peut-être une belle nouvelle à annoncer, mais je ne sais pas encore comment. Maman dit de ne pas en faire des tonnes, ce n'est qu'au bout de trois mois qu'on est vraiment sûr. Si je suis enceinte, ça va changer mon cœur en ventre. Le cœur qui battra vite, à l'intérieur de moi, sera celui de l'enfant, je n'aurai plus besoin de puiser dans les forces du mien pour inventer le battement, il sera là, réellement, l'autre cœur, si fort, qui bat dedans.

J'appelle maman pour savoir si elle veut venir avec moi à la pharmacie, je lui propose de m'accompagner acheter un test de grossesse. Je crois que cette fois, enfin je ne m'emballe pas, j'ai l'impression que c'est possible, je suis très fatiguée, on dit que ça commence comme ça, non ? Tu es là ? Rappelle-moi quand tu rentres, j'attends un peu avant de sortir, j'aimerais mieux y aller avec toi.

Je tachycardise encore. Il ne faut pas que j'y pense. Mais c'est à cause de ce papier bleu, de cette note de restaurant avec du champagne. Un déjeuner. Un mercredi. À l'auberge du Cheval blanc. Un jour où il était en déplacement à Angers avec le directeur des régions. Il est rentré à vingt-deux heures, je n'ai pas fait d'observation pour ne pas l'énerver. J'avais seulement appelé maman pour me calmer. D'ailleurs elle n'avait pas pu répondre, elle se promenait avec une amie. C'est quand j'ai voulu laver le pantalon de mon mari, à cause d'une petite traînée insupportable sur sa braguette, comme une petite colle fine, comme si une fille s'était assise sur lui, voilà, c'est dit. La note était dans la poche. Je rappelle maman. Cette fois j'ai besoin de te parler, lui dis-je, je fais tout pour pas, mais ça ne marche pas, je sens que je vais y aller, là, au bureau, je dois le trouver, il a quelqu'un, ils ont bu du champagne. Pardon, mais ça déraille, viens tout de suite, ça panique.

Je relis la note, j'appelle le restaurant, on ne se souvient plus de mon mari, alors celui ou celle qui l'accompagnait, franchement, et en plus ça ne date pas d'hier.

– Des gens qui boivent du champagne à midi, vous en avez tant que ça ? dis-je au restaurateur.

– Pour fêter un événement, parfois, deux amoureux.

– Est-ce que si je passais vous montrer la photo de mon mari, vous vous rappelleriez si une femme l'accompagnait ?

– Essayez toujours. Je vous dirai.

– Non mais je suis peut-être enceinte, vous comprenez ?

– Venez si vous voulez.

– Et si j'étais enceinte, il faudrait me le dire quand même, ne pas m'épargner.

– De toute façon, je ne vous connais pas.

– Forcément, le champagne, ce n'est pas avec moi qu'il le boit.

– Venez donc avaler une petite coupe, ça vous détendra !

Alors je rappelle maman, parce que la peur est là, au ventre, et peut-être avec deux bras, deux jambes, elle va avoir de quoi me saisir et puis me tenir maintenant. Maman, il faudrait que tu me rappelles, même si je t'ai énervée avec Céline Demongin des Gachons, pardon, oublions, là il n'est plus question d'elle, il a bu du champagne au restaurant, je te dis. Je ne sais pas si j'appelle à son bureau pour savoir s'il était à Angers le jour de la note de restaurant à Paris, mais je ne dois pas m'aveugler. Tu penses qu'un restaurant d'Angers peut avoir une adresse à Paris ? Ça se pratique parfois avec les chaînes de restauration, non ?

Ou alors c'est peut-être l'adresse du siège, mais les restaurants ont-ils des sièges ? J'ai la tête qui tourne, maman, j'ai pris le cachet que tu m'as dit, mais je n'ai pas pensé que si ça se trouve je suis enceinte. Je vais marcher vers la pharmacie, tu n'auras qu'à me rejoindre directement là-bas. Si le test est positif, il faut peut-être que je me fasse nettoyer l'estomac, je vais avouer au pharmacien que j'ai pris un petit cachet que tu m'as conseillé contre la tachycardie, même si ce n'est pas pécher, n'est-ce pas ? J'ai tellement envie de dormir, comment ça s'appelle déjà ?

Je tachycardise quand même, malgré l'abrutissement, le sommeil, et c'est compliqué de traverser la rue. Alors je reste debout près du feu, vert, rouge, vert. Je fais comme si j'étais naturelle, ça ne dérange personne que je sois arrêtée au milieu du boulevard que je n'ai pas réussi à passer en un temps. Ça circule à double sens, de chaque côté de moi, comme le sang de mes artères, je le sens passer, celui-là, il prend le train ou quoi ? Je profite du mouvement d'un autre piéton qui traverse le deuxième tronçon, je ferme les yeux, me rapproche de lui et, lorsqu'il démarre, son mouvement me conduit. Plus que cent mètres jusqu'à la pharmacie. Mon mari est si timide avec ça, c'est à moi de compter les jours. D'ailleurs, il n'aime pas trop le faire avec moi, avec les autres il boit du champagne, à moi il dit que ça l'effraie, ma fragilité, tout ça. Les soirs où on décide de s'unir, après je fais le poirier en cachette dans la salle de bains, pour que le bébé s'accroche bien.

Je prends mon téléphone portable. C'est maman qui me l'a offert pour que je puisse la joindre en n'importe quelle circonstance, si j'ai une petite crise de panique dans la rue, elle dit toujours petite, on voit que ce n'est pas elle qui panique.

Maman, ça y est, je suis dans la rue, j'essaye de ne pas penser à la note de restaurant, mais c'est quand même compliqué, on me regarde, et puis j'ai sommeil, je ne sais pas si je vais arriver jusqu'à la pharmacie. Au cas où, s'il se passait quelque chose, je suis pour le moment au niveau du numéro 13 sur le boulevard, oh là là, 13, tu crois que c'est un signe ?

Mon corps se fait de plomb pour passer devant le 13, il faut forcer, pousser un poids devant chaque pied. Et si je l'appelais, lui, pourquoi je ne lui dis jamais que ça ne va pas, à lui ? Je n'ose pas, c'est bizarre quand même, je suis sa femme, qu'est-ce que ça peut faire que je l'appelle, hein maman, si c'est exceptionnel, parce que je tachycardise trop ? Il ne veut jamais toucher mon cœur, parce qu'il est sous mon sein, je pense, mais mon mari pourrait aimer toucher mon sein, non ? Maman, tu es là ? Je l'appelle ou pas ?

Devant la pharmacie, j'appelle mon mari. J'aime bien sa voix sur son répondeur, ça me rappelle la voix qu'il a quand il parle aux autres. Quand il leur parle, il a une voix très chaude et douce, par respect sans doute, alors qu'avec moi il parle par bribes, un peu forcées, c'est la timidité, c'est difficile de trouver le ton juste pour parler à sa femme. Alors, à son répondeur, je dis que j'appelle pour le féliciter pour sa voix et qu'il devrait oser avec moi employer la même, surtout que, maintenant, on va être parents, ça va nous rapprocher, et, là, je raccroche, je tachycardise, qu'est-ce que j'en sais, je ne suis sûre de rien et déjà je l'annonce ? J'entre dans la pharmacie, achète un test de grossesse, ressors et cours vers son bureau. Je pénètre dans le bâtiment, monte au sixième, je sais que c'est là, mon mari dit toujours que pour entretenir son tonus il gravit quotidiennement ses six étages à pied. J'ouvre une porte, une jeune femme à l'accueil veut m'interdire de passer, alors je la pousse, elle tombe, et moi je prends le couloir, avec les murs qui se penchent comme le jour de mon allergie à la codéine d'un sirop pour la toux que m'avait donné maman. Il y a mon nom sur une porte. Avec son prénom devant. Et j'entre sans frapper, je suis chez moi ici.

C'est là que je vois maman avec les jambes ouvertes, les fesses sur le bureau, et lui les doigts dedans, langue pendante, dans son cou. Je ne tachycardise plus, c'est mon cœur qui s'arrête. Tous les deux se retournent. Il garde ses doigts dedans, et maman, bouche ouverte et visage rosi, continue, choquée, de branler mon mari.

Je repars, dans le couloir et je descends l'escalier. Il faut traverser le boulevard, rentrer à la maison, faire une valise, partir, aller chez l'avocat, divorcer, vivre loin, sous une autre identité. Peut-être sur une île. Tenir un club de voile ou ouvrir une école. À moins qu'un dispensaire. Mais j'ai peur des piqûres. On m'a dit que Besançon. Ou à la neige sinon. Je vais y aller en train. Et je louerai une voiture. J'ai déjà mon code, je n'ai pas le permis. Je vais prendre un taxi. Ou du stop. Stop c'est bien. Mais avant, juste une chose quand même, savoir combien je suis.

Au milieu du boulevard, contre le feu, je m'accroupis, je déballe le test et mouille comme expliqué le bout du bout de l'embout. Les automobilistes klaxonnent, et moi j'urine. Je reste accroupie, je regarde les barres se préparer dans les cases, enceinte, pas enceinte. Enceinte. Bon. Je vais rentrer prendre un petit cachet et puis appeler maman, peut-être qu'elle trouvera les mots pour l'annoncer à mon mari. J'ai tellement sommeil. Elle a raison quand elle me reproche de ne pas tenir mes engagements, la preuve, j'ai oublié d'aller boire une coupe au restaurant.

L'heure du courrier

Un paquet de neige tombe au fond de moi. Ma mère glisse une brûlure, je prépare un cri, il sortira plus tard, infiniment, il sortira tant que je vivrai, au rythme d'une respiration sur deux ou trois, on me le resservira, encore et encore, cet abandon froid. Je le sens, comme si, avant de frapper un corps, on y inscrivait déjà la blessure, comme si on traçait la rosace au crayon avant de la repasser à l'encre. C'est parti, je suis partie, un ski sous chaque semelle et prête à dévisser. Bien en retrait des autres mères, elle fait au revoir sur le trottoir, elle n'agite pas la main, elle tourne un peu la tête pour que je ne voie pas de larme, et elle sourit doucement, comme si ce n'était pas la peine de creuser, comme si elle savait que dans cent mètres, de toute façon, j'aurai dans le cœur la plaie de son sourire, alors ce n'est pas la peine de lever le bras trop haut, c'est fait, l'autocar file, elle disparaît. Je pose ma main sur mon cœur, je la glisse entre les pressions de l'anorak et je touche ma blessure. Là, derrière mon sein gauche qui n'est pas encore né, palpite une petite fente dont je tiens les deux bords l'un à l'autre collés, comme s'ils pouvaient s'ouvrir, comme si j'allais me répandre, sans elle.

Le jour de l'arrivée, au moment du goûter, confiture dans des bols et lait chaud odorant, les enfants en rectangle avec un chef de table qui dit Débarrassez ! dès qu'il a terminé, ou bien Récréation !, et là on file dehors, la bouche encore pleine, lait à peine avalé, encore dans le conduit chaud qui mène au ventre froid, mais pendant le goûter, avant qu'on se disperse, les adultes interviennent, c'est l'heure de la distribution du courrier. Les parents, grands-parents, frères et sœurs, les cousins quelquefois, nous envoient des messages pour nous dire qu'ils nous aiment, pensent à nous, on leur manque. On vient d'arriver, le matin même, les valises sont encore entassées dans le hall, mais on leur manque déjà. Surtout moi. Je reçois cinq lettres de ma mère. Elle les a postées avant mon départ pour que je les reçoive dès le début. Ils ont conseillé ça à la réunion préparatoire. Ça rend l'abandon moins raide. Et dans ma tête je supplie pour que la distribution s'arrête. La monitrice dit mon nom, cinq fois de suite, et tous les enfants s'esclaffent. À une petite qui me demande si toutes les lettres viennent de ma maman, je dis non, pas seulement, d'un ami aussi, un homme mûr d'une vingtaine d'années, caché derrière un arbre au moment du départ pour n'affoler personne. Une telle différence d'âge. La petite hausse les épaules, quand je mens ça doit se sentir. L'heure du courrier devient l'instant de ma mort, tout le monde murmure mon nom avant que la monitrice commence la distribution des lettres. Impossible de faire les choses discrètement en ces lieux, tout est affaire de tous, il n'y a pas moyen de cacher quoi que ce soit, même les valises sont fouillées à la recherche de bonbons, de gâteaux à partager, on vit en collectivité. Mais, par chance, ma mère n'en a pas caché. Sauf derrière ses mots, là, je peux en trouver, du sucre et des douceurs, des mots en nourriture, qui me serrent la gorge, tellement elle les choisit gais pour me dire que ça va, ça va si bien sans moi.

Une petite fille pleure parce qu'une monitrice ouvre la fermeture Éclair cachée dans les poils de son chien en peluche, dans lequel sa maman a glissé pour chaque soir, les vingt qui nous séparent du retour, un mot accompagné d'un bonbon, et la monitrice crie Elle nous a caché ça, celle-là, on a dit qu'on partage les bonbons ! Et elle lit les mots de la mère. La petite fille pleure, longtemps, je vais m'asseoir sur son lit, et ça doit être la première fois que je dis un gros mot à haute voix et je le répète, c'est Dégueulasse, dégueulasse. La petite fille serre sa peluche contre elle en disant que c'était sa cachette, la sienne et celle de personne d'autre. Je lui apporte des mouchoirs pour rembourrer le ventre vide de son chien, touchée par ses larmes, mais satisfaite que l'affaire de son chien fasse oublier un temps l'affaire de mon courrier. Un enfant dit des mots avant de s'endormir, ceux que lui dit sa mère, le soir, pour l'apaiser, ils ont appris ensemble une sorte de poésie où les mots se complètent pour refaire une présence et dans le grand dortoir on dit chut à l'enfant, et on rit, on se moque, on profite du tumulte, l'un pour regarder dans un petit livre ou un carnet de secrets la photo de maman, l'autre pour sentir en douce son parfum emporté sur un mouchoir de rien. Un enfant, en haut d'un lit superposé, vomit de sa hauteur dans les chaussons tout neufs posés au pied du lit de celui qui s'est moqué.

Dans ma correspondance, je remercie poliment ma mère pour ses lettres, mais j'essaye de tourner une phrase qui veut dire de ne plus en envoyer. Ici, on barre en rouge ou en blanc tout ce qui pourrait inquiéter les parents. Elle n'entend pas, j'insiste et tente tout pour me faire désaimer le temps de ces trois semaines, je lui dis des choses futiles inscrites sous des mots plats, alors j'en reçois moins, peut-être, mais, jusqu'à la fin du séjour, les enfants ricanent en entendant prononcer mon nom à l'heure du courrier. Pendant trois semaines, je pense à une fuite, à un viol, je pense que je préfère un viol plutôt que de rester là, je me dis que, après le viol et l'hôpital, elle viendra. Ce que je n'aimerais pas, c'est qu'on me viole, puis qu'on me remette là, sans repasser par elle, alors je fuis, je fuis avec ma tête pendant que son encre coule, et je sais aujourd'hui que je peux fuir, de n'importe où, n'importe quand, j'ai les excuses, les mensonges, les chemins, aujourd'hui je file et personne ne peut me retenir prisonnière de rien, je suis infiniment libre, je peux quitter tout, tout le monde et tout le temps, et, ça, c'est une vraie prison, figure-toi, écris-je à maman, aujourd'hui que, bien vieille, elle attend mes missives de Faucon-de-Barcelonnette. C'est une grande montagne où j'ai perdu mon âme et où je me suis installée pour tenter de la retrouver. Peut-être quand fondra la neige, qui sait. Pour le moment, même en haut du sommet, j'ai toujours l'impression qu'on m'a abandonnée.

On peut y remédier

Je pénètre dans la classe, les fesses serrées autour de mon suppositoire vitaminé. Je suce une pastille d'oligo-éléments aux vertus régénérantes. En comptant les gouttes et les comprimés du matin, j'en suis à quatorze potions ingurgitées. Ma mère me dope, elle a les moyens de m'endormir le soir, de m'éveiller le matin, d'obtenir de moi attention ou sommeil, détente, aplomb ou combativité. Le problème, c'est quand je pars en week-end chez Sophie, dont la mère suspend mes traitements en cachette, elle trouve qu'ils m'abrutissent. Surtout les comprimés contre les allergies, elle dit que, en décembre, combattre le pollen est un peu forcené. Je m'en veux, j'ai le sentiment de trahir ma mère quand je passe un week-end sans médicament, mais sans tomber malade pour autant. Elle, je ne sais pas ce qu'elle fait pendant que je joue dans l'herbe, mais j'ai peur qu'elle regarde des photos de mon père ou bien qu'elle déchire tout ce qui reste de lui. Les souvenirs, elle les ressasse, et soudain ça l'ennuie.

Quand je rentre à la maison, maman compte, vérifie, mais on a bien jeté tout ce qu'elle m'avait donné. Alors elle est contente, elle dit qu'elle peut me laisser, que je sais me prendre en main, d'ailleurs elle pense que le Prexiplan joue son rôle là-dedans. Elle me demande des nouvelles de l'Aerist, du Vétalam, et du sirop Maprall, elle voudrait savoir ce que je ressens, vérifier l'effet des médicaments. Ils ont passé un bon week-end. Ils doivent aujourd'hui naviguer au fond du jardin, dans une canalisation rustique de la commune de Jaudray. Comme mon père qui vogue sur son petit bateau, la tête en plein soleil, sans crème et sans chapeau, bien tranquille loin de nous, dégustant son bonheur d'être frais divorcé.

Chaque mal a son remède ; à peine le temps d'évoquer une douleur ou un risque, et ma mère s'adonne à sa sorcellerie. Mon père l'a quittée, elle avait mal dosé. Depuis, elle se concentre, rien ne peut la perturber, courbée sur des ouvrages, des journaux, des notices. Elle ne va plus travailler, depuis qu'il l'a quittée, mais elle ne pleure jamais, elle se contente d'espérer que tienne la vie, contre le mur de chimie. J'aime bien quand elle enquête, et quand elle m'empoisonne, au moins elle n'est pas triste. Ça fait deux ans que ça dure, elle compare souvent la médecine à un jeu, elle choisit parfois d'essayer un traitement à cause d'un nom de molécule qui lui plaît bien. Une jolie gélule placée à côté d'un comprimé octogonal – il en existe – peut avoir pas mal de cachet.

C'est pas comme moi ce matin, à ma table de contrôle, assise sur le suppositoire chaud qui me dégouline dedans. Elle a trouvé le suppo qui déconcentre, mais pas encore la gélule qui fait assimiler. Même la fraction d'Anticossyl me semble plus sympathique que celle qui est couchée sur le polycopié, sans doute malade, il ne peut en être autrement, ça rend certainement fou autant d'inextricable. J'en parlerai à ma mère, elle soignera ma fraction, elle ira mieux, on va se battre pour qu'elle se relève, mais avec cette barre au milieu du ventre, la pauvre, je sais ce que c'est, comment la faire sourire et surtout la résoudre. Je l'écris, du coup, et je l'écris comme ça me vient, en lignes puis en pages, je rends une rédaction de mathématiques sur la maladie de la fraction, sa détresse, son inconfort, qui me vaut zéro, un avertissement et un rendez-vous chez le supérieur.

Le supérieur est très supérieur, je pense qu'il a dû prendre trop de quelque chose, il est remonté, il me trouve à la masse, et il le dit plusieurs fois, pour bien me le mettre dans le crâne, je vais avoir mal à la tête. Je prendrai un petit cachet. Maman ne comprend pas le zéro, elle décide de me montrer à une psychologue, elle dit que, si j'en ai, il faut au plus vite combler mes lacunes afin de rattraper sans perdre de temps tout ce qui a été perdu. Elle ne croit pas à la vertu du coup de pied aux fesses conseillé par le supérieur, et ça m'arrange. Elle pense que je ne suis pas un robot, et ça me rassure. Elle prend aussitôt rendez-vous avec cette dame qui m'a déjà reçue pour que je cesse de téter ma langue. C'est le dentiste qui avait déniché ça.

Ma mère en était toute retournée. Elle expliquait aux invités qu'à l'arrêt je ne savais pas ranger ma langue derrière mes bosses du palais. Et tout le monde essayait d'avaler en plaçant bien sa langue où il fallait. Et mon père soupirait.

Ma mère m'attend dans la salle d'attente de la psychologue qui a de grands cheveux mousseux, un collier et des bagues. Ma mère ne porte plus rien depuis que mon père est parti. Elle dit que les bijoux lui donnent de l'allergie. Quand je ressors du cabinet, ma mère applique à la règle ce qu'elle a lu dans un livre, c'est-à-dire me proposer d'en parler sans m'obliger à le faire. Mais j'en parle, parce que je n'ai rien à cacher, j'ai juste raconté à la psychologue que tout irait bien, maman s'apprêtant sûrement à trouver un remède à ma nullité en mathématiques, et au besoin mettre des chercheurs sur le coup.

Comme il pleut, maman me donne un parapluie et un petit comprimé. Elle m'a acheté de l'eau, on peut mourir étouffé si on avale un comprimé sans boire. Elle me fait ingurgiter toute la bouteille, je n'ai pas soif, mais il faut s'hydrater entre les repas, parce que, pendant, ça fait gonfler, ça freine la digestion, et puis c'est comme ça. Le rendez-vous avec la psychologue a décalé d'une heure notre programme, donc il faut se rattraper sur le temps de la toilette, maman réfléchit tout haut sur le chemin de la maison, j'essaye de répondre, mais je me rends compte qu'elle est entrée en elle-même, elle ne sort plus, elle se discute en quelque sorte, ça ne se dit pas, mais je n'ai pas le remède contre ce mot-là.

– Ou alors une douche. Un bain, ça va être trop long. J'aurais dû le faire couler avant d'aller la chercher. On aurait juste eu à ajouter un peu d'eau chaude.

– Non mais, maman, je ne suis pas très sale de toute façon, à la récréation je suis restée dedans, j'avais un mot.

– Devant le lavabo, vite fait, avec des lingettes, pendant ce temps je prépare le dîner, je vais nous mitonner quelque chose de froid, quoique tu n'aies pas eu de viande à midi. Je vais te faire un tartare.

– Je déteste la viande rouge.

– Et puis, exceptionnellement, tu ne débarrasseras pas, tu fileras directement, les dents, poésie, et au lit.

– Tu peux me cuire le tartare ?

– Non. Un tartare, c'est pour ne pas perdre de temps. Et puis, le sang, c'est des vitamines. Écoute, on fait ça, tu prends une lingette pour la toilette intime et tu te la passes sous les bras, un gant d'eau fraîche sur le visage, d'ailleurs j'ai vu que tu avais un petit bouton, fais-moi penser à regarder.

Quand on arrive à la maison, elle découvre dans le courrier mes résultats de prise de sang. Tout est normal. On va continuer comme on a commencé. Tu vois, on tient le bon bout ! dit-elle. Elle est tellement contente qu'elle me fait griller mon steak haché. Pendant le dîner, papa téléphone, elle le remet à sa place, elle dit que c'est dingue qu'il trouve toujours le moyen d'appeler quand on est à table, du coup, elle ne me le passe pas, elle lui raconte avec détachement ma séance chez la psychologue, elle fait comme si elle y avait assisté. J'avale mon steak, mais je suis estomaquée. Elle finit par raccrocher et puis elle dit Voilà, comme ça, il est content.

– Je n'ai jamais dit à la psychologue que je n'aimais pas les mathématiques parce que mon père était chimiste.

– Ah bon ? Qu'est-ce que tu lui as raconté alors ?

– Normalement je ne suis pas obligée de...

– Ah oui, tu n'en parles que si tu veux. File vite te coucher, je viens te border.

J'ai envie de lui dire de fermer sa grande gueule. C'est la première fois que ça me prend comme ça. Je me demande si ce n'est pas le Zorg qui me dégonde. Alors je quitte la table et je vais me brosser les dents, comme on avait prévu avant de rentrer. Elle me félicite depuis la cuisine, elle me rappelle mon fluor et le petit cachet et demi pour les rêves roses. On a dû augmenter la dose, ça fait au moins deux ans que je le prends, celui-là, et un cachet ne suffit plus. Je fais des rêves bleus, verts, mais roses, plus du tout. Comme demain j'ai mathématiques, maman me donne un comprimé de Peps, ils viennent de sortir ça, c'est américain. Elle y croit, même pour les fractions. Elle me hurle de le prendre aussi. Et là je ne sais pas ce qui m'arrive, je jette le fluor dans la vidange, et là je ne sais pas ce qui m'arrive, je fais pareil avec le contenu de la pharmacie suspendue au-dessus du lavabo, et là je ne sais pas ce qui m'arrive, j'appelle maman et je lui montre le carnage, et là je ne sais pas ce qui lui arrive, elle appelle les forces de l'ordre, et elle déclare qu'on a été cambriolées.

Après, elle pleure en attendant la police, elle ne regarde même pas si on lui a volé autre chose.

– Le pire, c'est que, pour cette nuit, on n'a plus rien. Comment tu vas dormir ? Ils nous ont tout volé.

– T'en fais pas, maman.

Elle arpente le couloir dans un sens puis dans l'autre, elle cherche par terre s'il n'y aurait pas une petite miette de quelque chose, un rogaton. Elle passe son doigt sur les plinthes, comme je faisais avant qu'elle me mette au Valium. Mais, pour ce soir, on va être obligé de suspendre le traitement. La police tarde, maman rappelle, elle vient de se rendre compte qu'on lui a aussi volé son mari.

Écoutez, monsieur l'agent, vous venez ou pas ? Tous mes médicaments ont disparu et je constate que mon mari aussi. Je ne sais pas dans quel ordre, je ne sais pas si...

Elle me regarde souffrir du manque et transpirer. Le policier lui raccroche au nez. Elle ne sait plus où donner de la tête, ni comment me calmer, et moi je transpire, j'ai mal au ventre, envie de pleurer. Je lui indique le lavabo, les étuis vides dans la poubelle. Elle se dit que seuls des pervers ont pu agir de la sorte. Pas une seconde elle n'accepte de penser que c'est moi qui ai fait ça. Elle refuse. Je lui montre encore la poubelle, je mets la main dedans, je sors les blisters, mais, au lieu de comprendre, elle répète Oui, je vois bien, tout est là, tout est vide. Elle repart en campagne tout au fond du couloir, elle se dit qu'un petit stock oublié dans un coin, ça pourrait arriver. Moi je tremble sans arrêt, je me souviens que les notices stipulaient d'arrêter tout doucement, surtout pour les calmants. Elle revient et me serre, on s'assoit dans le couloir et on guette une lumière, quelque chose, un espoir. Elle passe un peu d'eau sur mon front fatigué, elle presse mon bouton comme une forcenée, elle essaie de me coucher quand elle a terminé, et pour les rêves roses, elle raconte une histoire, elle dit n'importe quoi, mais ça me sort du noir, je finis de trembler et, pour la première fois depuis que mon père est parti, je dors sans qu'elle me glisse dans le sang des substances pour me tuer. Elle s'allonge contre moi pour m'entendre respirer. Elle pleure, elle dit qu'elle sait maintenant, elle a admis que papa est parti.

Demain, elle ira travailler. En s'endormant, elle l'a promis.

Le lendemain, elle se fâche, elle a idée que c'est moi qui ai jeté les comprimés, elle s'interroge, elle se demande ce qui m'est arrivé, mais elle se calme vite et sort en courant acheter des lavements. Elle pense que le Propenton a joué sur l'Alatrask. Pour contre-balancer, il suffit de purger.

Tu seras une femme, ma fille

Les goûters se sont transformés en boums. La mère essaye de mettre du rouge aux lèvres de sa fille, mais celle-ci se cabre, pince sa bouche, elle dit qu'elle veut choisir elle-même ses vêtements pour sa fête et la mère sait comment ça se termine, toujours en jogging. C'est à la dégoûter d'avoir fait une fille. Avec ses grands fils, elle a eu droit aux skate-boards, aux chips, à la gomina sur son peigne et aux traces de doigts sur les canapés, mais sa cadette ne se comportera pas de la sorte. La mère va prendre les choses en main. Il n'est plus question de la laisser rentrer de boum tout sourire sous prétexte qu'elle a porté les garçons pendant les slows, parce qu'elle est plus grande que la moyenne de son âge. Imaginer sa fille en train de soulever un petit gars pour le faire tourner lui donne le vertige. Elle a déjà profité de ses mauvais résultats en mathématiques pour l'obliger à arrêter le basket. À la place, elle prend des cours privés avec une jeune et jolie étudiante qui ne fait pas forcément le poids en enseignement, mais qui sait se fagoter et se rendre désirable. La mère compte sur elle pour raconter à sa fille ses petites affaires amoureuses, elles ont finalement peu d'années d'écart, et l'étudiante n'est pas du style à porter les garçons pendant les danses. Pour garder un homme, et la mère sait de quoi elle parle, mieux vaut façonner son corps avec exigence et, dès qu'il est parfait, délicatement, l'offrir.

Rien ne vient. La fille ne jure que par les caleçons flottants et les brassières qui écrasent ses seins naissants. La mère prend son mari à part, elle lui explique encore son désespoir, et il dit que ça viendra, la féminité n'est pas machinale.

– Aide-moi à la provoquer, lui dit la mère.

– Mais, voyons, laisse-la être adolescente, se chercher.

– Tu ne vois pas qu'elle ressemble à un garçon ? Elle m'a demandé de lui payer le coiffeur, elle veut une coupe courte.

– Eh bien, c'est la mode, laisse-la faire, ça repoussera.

– En plus, je ne sais pas si tu as remarqué, mais ses seins sont tout petits.

– Ils n'ont peut-être pas terminé leur croissance, et ils sont très jolis comme ça.

– Nianianianiania.

La mère regarde sa fille de travers et la punit souvent pour des gros mots qui n'en sont pas, des expressions empruntées à ses frères, alors la fille s'étiole, insultée et meurtrie. La fille voudrait malgré tout plaire à sa mère. Elle rapporte des bonnes notes, sa mère détourne le regard, elle lui parle de sa journée, et la mère tape avec sa cuiller en bois contre le bord d'une casserole. La fille achète des fleurs, la mère soupire en les acceptant, puis les jette avant qu'elles se fanent. La fille finit par oublier à quoi ressemble le sourire de sa mère, elle le surprend parfois adressé à la petite voisine de douze ans qui vient, elle, d'enregistrer un disque, et se tresse les cheveux à l'indienne. Alors la fille perdue demande pour son anniversaire de se faire opérer des seins et bizarrement ça marche, la mère sourit, et surtout la mère accepte.

La fille a dix-sept ans et des seins gigantesques. La mère encourage la fille à continuer la mutation et lui offre des parures de lingerie. Elle achète des culottes trop grandes pour que la fille remarque d'elle-même que quelque chose cloche entre le haut et le bas. La fille demande à se faire sculpter le derrière. Et la mère offre des séances de gymnastique et de modelage. La fille raccourcit ses longues jupes, et la mère jubile.

La fille rate son bac, et la mère est contente. Une femme se trouve un mari, pas besoin de repiquer, l'essentiel est de savoir se débrouiller en langues afin de voyager. Elle l'envoie dans un bar, servir en Italie. Un bar de jour, bien sûr, la fille dispose de ses nuits. Seule, elle rencontre Rico, un Français italien, qui lui propose très vite de travailler pour lui dans le spectacle et en France. Elle rentre d'Italie, le présente à sa mère qui le trouve à son goût.

– Et de quel spectacle est-il question ? demande le père.

– De catch féminin.

– Mais c'est un sport viril ! explose alors la mère.

– Non, c'est un sport de femme, un catch particulier, qui rend les hommes fous, ça se danse en boîte de nuit.

– Oh, si ça se danse, ça va, dit la mère rassurée. Qu'est-ce que tu en penses, chéri ?

Et le mari opine, il est si soulagé que son épouse soit redevenue, depuis que leur fille est fille, une femme amoureuse. Après tout, la danse catch, c'est sûrement drôlement bien.

La fille part en voiture, à côté de Rico, et la mère se pâme devant le coupé. Elle se réjouit déjà à l'idée d'un mariage. Mais, pour cela, il faudrait, pense-t-elle en s'endormant, qu'elle sache serrer le gibier avec intelligence, je n'ai pas aimé sa façon de marcher, on dirait un cow-boy, il faudra que je le lui dise, il faudra que je lui montre comment se déhancher. Pour un homme, c'est détestable de promener une femme qui ne sait pas minauder. Je profiterai de dimanche, et je lui montrerai comment passer sa langue sur ses lèvres et sa main dans ses cheveux, et puis comment s'asseoir en écartant doucement les jambes, les cuisses, à peine bien sûr, je ne dis pas qu'elle doive se dévoyer, seulement savoir le faire pour l'homme qui l'accompagne, sans que les autres la voient. Oui, quand elle reviendra dimanche, je lui montrerai que faire de ses mains et comment les poser sur l'homme pour ne pas le laisser filer. Je l'aurai, mon mariage de princesse et ma robe, songe la maman en s'endormant.

Six mois que les nuits se terminent à se soigner la peau, irritée par le chou chaud. Le catch dans la choucroute fait pleurer la fille tous les soirs, et les brûlures, le temps du spectacle, ne trouvent remède qu'avec une saucisse, alors la fille se caresse avec une Montbéliard et ça apaise un temps l'acidité du chou, même si ça relance la foule, en délire, amusée, et la mère est contente, elle qui vient assister de temps à autre au spectacle et s'arrange pour caser que c'est elle, la mère de la petite. Rico a embauché trois autres filles ; à quatre dans la choucroute, elles se ruent l'une sur l'autre et elles font un tabac, d'ailleurs il s'est acheté un deuxième coupé, un manteau et un pied-à-terre avec des arbres. Après le spectacle, les catcheuses s'excusent d'avoir dû se frapper, se crèment les unes les autres. Ce soir, en sortant fatiguée de la discothèque du Pont d'Orly, la fille voit Rico embrasser une autre femme. Alors elle file en direction d'Orly, il y a peut-être un avion, elle espère partir vers une nouvelle destination, ni Francfort ni Strasbourg. Elle marche sur le bas-côté, mais des spectateurs qui se sont régalés la rattrapent, ils lui parlent de saucisse, elle n'entend pas bien, pas tout, à cause du chou, qui entre même dans les oreilles et colle aux cheveux, comme le jus que les hommes vont balancer sur elle en l'appelant Boudin Chaud, avant de la terminer à coups de barre en fer.

Ce dimanche, quand la mère est venue à la morgue reconnaître sa fille, elle a été outrée. Elle a seulement dit que ce n'était pas sa fille, sa fille étant une vraie femme désirable, fabriquée par ses soins, et qui n'aurait jamais toléré dans la mort d'avoir les cheveux gras.

Menteuse

Ça me peine, c'est tout. Je n'en ferai pas une histoire, je ne vais pas en changer, je vais même la garder jusqu'à mon émancipation, mais je trouve qu'il aurait été honnête de sa part de m'informer de la vérité avec simplicité. Elle m'a manipulée. D'ordinaire, on profite de la petite enfance pour faire un aveu comme celui-là, d'ailleurs ce n'est pas un aveu, c'est un constat, je suis adoptée. Il serait peut-être temps de me le dire. C'est elle qui en fait toute une histoire, je ne suis pas responsable du malaise et je suis prête à tout supporter. Pour moi, cette mère-là ou une autre, qu'importe, du moment que je suis aimée, nourrie et logée. Je dis juste que j'aurais aimé entendre sa version. M'a-t-elle choisie parmi d'autres bébés dans un orphelinat de campagne, a-t-elle été pistonnée par une autorité pour avoir une fille plutôt qu'un garçon, a-t-elle même payé de son corps pour m'obtenir à quelques mois ? Je ne devais pas être bien vieille puisque je ne me souviens de rien.

L'autre jour elle m'a montré, comme elle dit, un de mes tout premiers pyjamas, j'ai vérifié, c'était du six mois. Elle était émue jusqu'au grotesque, mais à présent je comprends mieux pourquoi. Il devait lui rappeler la file d'attente devant le dortoir où elle m'a vue, ou choisie, on y revient, je n'en sais rien ; elle était sûrement là, tremblotante, avec son sourire de quand tout va mal, à tortiller l'éponge de la brassière qu'elle avait prévu de me mettre dès que je serais à elle. Elle m'a aussi ressorti un bonnet et des petits chaussons tricotés par sa mère, le mensonge est donc familial. Non, ce n'est pas une cachotterie, c'est un coup monté. Était-elle là, mémé, à attendre dans la voiture en réglant le chauffage pour que j'entre dans la vie familiale à bonne température ? Et papa, où était-il ? Fumait-il sur le trottoir ou tripotait-il l'autre pied de la grenouillère fleurie, au risque de se voir refuser l'enfant pour comportement anxieux ? Maman le lui faisait-elle remarquer en lui demandant de se tenir ? Et moi, dans mon berceau, est-ce que je dormais ou est-ce que j'étais réveillée, ai-je hurlé en voyant cette inconnue qui soudain me soulevait dans ses bras ?

Je suis agacée. J'ai passé l'âge de faire une colère et pourtant j'ai beaucoup de mal à la taire. Quand j'entends ma mère dire que je suis bien la fille de mon père pour renifler le contenu de mon assiette, j'ai envie de le lui retourner sur le ventre. J'aimerais qu'elle ait au moins la correction de ne pas se payer ma tête ouvertement, elle en a assez fait comme ça. J'ai la délicatesse de garder pour moi ce que je sais, mais ce n'est tout de même pas mon rôle de maintenir entre nous ce précaire équilibre ; si elle me met des bâtons dans les roues avec ses petites réflexions, je fais tout exploser et je le dis. Elle qui est si fière de m'habiller comme une poupée et de m'exhiber, qu'elle ne s'étonne pas si un jour, devant un commerçant, je l'appelle madame et la vouvoie. Tout devient limpide. L'autre soir, elle a parlé étranger avec une amie, et elle s'est touché le ventre.

– Pourquoi vous ne parlez pas français ? ai-je demandé.

– Mais, ma chérie, Édith me demandait comment on dit « tarte salée » en anglais.

– Eh bien, c'est drôlement long pour dire « tarte salée » en anglais.

Tu me croiras si tu veux, mais les deux mégères ont ri, et ma mère m'a doucereusement envoyée dans ma chambre en me collant dans les mains l'assiette de gâteaux posée à côté de la théière. La culpabilité, évidemment, c'est classique. À sa place, en effet, je me sentirais bien coupable de cancaner avec une amie sur ma fille adoptive et surtout de la traiter de tarte salée. Du coup, si je ne réagis pas, elle va faire de moi une obèse. D'ailleurs, prends un gâteau, mon Lulu, si tu veux. Tu as quel âge, toi, déjà ? Si je ne multiplie pas par sept, tu as six ans. Six ans de moins que moi, c'est ça ? Et deux pattes de plus. Donc tu n'étais pas là quand ils m'ont eue. Toi, tu as de la chance, je peux te raconter d'où tu viens. Tu étais dans une cage du marché, et maman t'a trouvé beau, alors papa t'a acheté. Je ne sais pas combien tu as coûté, si ça se trouve bien plus cher que moi, le marchand te vendait comme un pure-race ; d'ailleurs, sans te faire de peine, maman n'arrête pas de se moquer de ta queue qui rebique, oui mon cher, tu es bâtard. Bienvenue au club.

Elle n'avouera pas, elle ment comme elle respire. Même quand je sors de l'école le vendredi avec le cadeau de la fête des Mères qui n'entre pas dans mon cartable, et qu'elle le voit très bien, elle fait l'étonnée quand je le lui offre le dimanche. L'autre fois je mettais la table, pour me faire bien voir, envahie par l'angoisse soudaine qu'elle me remette avant l'été là où elle m'avait prise. Elle est passée dans le couloir, elle m'a regardée, j'ai vu qu'elle me regardait, et elle est revenue dix minutes après en tombant à la renverse, d'étonnement. Quelle belle surprise, mon ange ! s'est-elle exclamée.

Je serais mon père, enfin son mari, avec une menteuse pareille, je me ferais du souci. À lui aussi, d'ailleurs, elle ment, et avec mon concours encore. Ne dis pas à papa, murmure-t-elle, que je suis arrivée en retard à l'école, je vais me faire tirer l'oreille. Ne dis pas à papa que j'ai fait son gâteau aux marrons, je le cache en haut du placard, d'accord ? Ne répète pas à papa que son frère a appelé pour samedi, il comprendrait qu'il y a une surprise. Ne raconte pas à papa qu'on est allées chez l'armurier, il va deviner que c'est pour son anniversaire.

Oh ! mais pourquoi une arme ?

Ma mère veut me tuer. Elle ne supporte plus de vivre dans le mensonge. Je mourrai avec mon secret. Tu le garderas, hein, Lulu ? Mais, un jour, tu diras au monde entier comment j'ai eu soudain la preuve de mon adoption : je suis brune et ma mère est blonde.

– Oui ! j'arrive !

Ma mère a quelque chose à me dire, tu viens, Lulu ?

Une petite sœur, mais quelle horreur ? On va aller la chercher là où tu m'as eue ? Je pourrai voir ? Non ? Pourquoi ? Pourquoi je devrais attendre ici ? Dans cinq mois ? Mais pourquoi l'hôpital ? T'en prends une malade ? Il n'y en a pas d'autres ?

Bon. D'accord. J'attendrai là. Je ferai une tarte salée.

Maintenant ? Tu vas chez le coiffeur maintenant ? Quoi ta couleur ? Des racines ? Qu'est-ce que c'est ça, des racines ? Montre !

Alors là, Lulu, tu me croiras si tu veux, mais c'est comme si, sous ton poil jaune, tu avais des poils noirs. Ma mère se peint les cheveux en jaune. C'est vraiment une menteuse de première. Menteuse jusqu'à la racine des cheveux.

Et moi, elles sont où, mes racines ?

Un bébé rose

En arrivant à la clinique, j'ai vu une jeune accouchée vêtue d'une informe liquette avec une girafe. Plus tard, quand l'enfant regardera les photos de sa naissance, il tombera en pâmoison devant la girafe et non devant sa mère. Alors, pour le photographe, j'ai pensé à enfiler une tenue spéciale. Ma chemise de nuit est vert d'eau, des broderies anglaises parent les bretelles, un lien coulisse sous ma poitrine et n'appuie pas sur le ventre creux qui vient de remplacer mon ventre dur. Je suis dans le lit, le genou légèrement extrait du drap, et le bébé, sur le dos et sur mon sein gauche, s'étire comme un chat. Le photographe dit même que c'est le plus joli de la journée. Quant à moi, un vrai soleil.

Quand il part, une amie me téléphone pour savoir combien j'ai eu de points de suture, six ou sept, je ne sais pas exactement. Elle me conseille de ne pas me retenir d'aller aux toilettes, mais ça ne m'est pas venu à l'idée. En raccrochant, je constate qu'elle ne m'a même pas demandé le prénom du bébé.

Je cherche. J'aime bien Lili, mais je ne sais pas si j'ai le droit ou si c'est un surnom, et appeler ma fille Liliane ne me plaît pas du tout. Il y a bien Marguerite ou Paméla, mais je vais me lasser, je le sens, et je n'aime pas les prénoms composés avec lesquels j'aurais eu l'opportunité d'alterner. J'ai un faible pour Jacques, mais, au féminin, c'est peu usité. Si son père était là, peut-être qu'à deux on trouverait, mais il ne sait pas que je viens d'enfanter. Il voyage souvent longtemps. La dernière fois qu'il est parti, j'étais enceinte de quatre mois. Je mettais des ceintures, je lui faisais croire en plaisantant que j'avais des petits problèmes d'aérophagie à cause de tous les avions qu'il prenait. Je taisais ma gravidité, j'avais peur que, l'apprenant, il ne revienne pas. Comme il s'appelle Jules, je pourrais nommer notre fille Juliette. Qui sait si ça ne l'amadouerait pas, en rentrant. Il n'aime pas les enfants, mais je pense que ce n'est pas exactement le problème, il n'aime pas l'idée d'avoir un enfant parce qu'il n'aime pas son nom et, seul descendant à le porter, il a décidé de ne pas le transmettre afin de le faire disparaître. Par chance, j'ai eu une fille. Alors son nom ne devrait pas être prorogé de trop longtemps, vingt, vingt-cinq ans au pire, ensuite elle trouvera quelqu'un pour lui passer la bague au doigt. Et on n'en parlera plus.

Pendant que j'attendais le bébé, une amie se demandait s'il serait rose ou bleu, c'était son truc, mais, le problème que je tourne dans le fond de mon secret, c'est que Jules ne regarde que les enfants noirs ou jaunes, il les trouve beaucoup moins ennuyeux que les blancs. Un jour, il m'a raconté qu'en se promenant il avait fait « ouh » à un petit Noir avec un gros cartable. L'enfant s'était retourné, lui avait lancé un regard sombre, avant de poursuivre sa route en haussant les épaules. Jules est sûr qu'un petit Blanc se serait mis à pleurer, et sa mère à crier. Voilà l'idée qu'il a des mères, tandis qu'il arpente les montagnes à la recherche de mystères. Il doit rentrer bientôt, il avait dit quatre mois et ça fait presque cinq ; il va falloir lui dire que la petite Molly est née. Non, Molly, ça ne va pas, on ne comprend pas pourquoi. Je vais acheter un gros chien et me faire tatouer l'oreille, peut-être que mon bébé, du coup, sera moins remarqué.

Et si un prénom africain, asiatique, comme Matou ou Comnet, lui faisait oublier qu'elle est blanche ? Par respect pour le goût de son père, je lui ai prévu un pyjama de naissance à rayures noires et jaunes, déniché dans un magasin de déguisements, mais j'ai coupé les ailes de la petite abeille. Maya dort dans son berceau, elle a les ongles longs, on m'a dit qu'ils allaient tomber, il ne faut pas les couper. Une amie m'a conseillé de les ronger pour établir un lien, encore un, plus rapidement et mieux, mais je n'aime pas y penser, ça me remue un peu trop, ça peut me chavirer. Déjà, quand l'infirmière m'a dit On allaite ou pas ? j'ai demandé qui et quoi. Et puis de quoi je me mêle. C'était pour savoir si elle me donnait les cachets pour empêcher la montée de lait, ou si on laissait venir. Du coup, on a laissé venir, je n'ai pas osé dire non, j'ai vu que ça ne plaisantait pas avec ça. Le lait est monté, il me fait les seins encore plus lourds et durs, et des auréoles sur mes chemises. J'ai coupé un gant de toilette en deux, et j'en recouvre chaque sein dès qu'Anna a terminé de tirer. Le tissu éponge s'humidifie, après je vais rincer, un jus grisâtre s'échappe et file dans la vidange. Quand Émeline me prend le sein, c'est émouvant, m'a dit l'amie qui ne m'a même pas demandé le prénom du bébé, alors je lui ai expliqué que j'étais en effet très touchée, mais c'est faux, ça me tétanise, je ne sais pas si je dois le presser ou pas, comme le gant de toilette ou le pis d'une vache, je n'ose pas poser la question, alors je ne bouge pas, je maintiens la tête de Marie sur ma poitrine, je la lui plaque comme celle de Jules à ma bouche, et puis j'attends en pensant à quelque chose de neutre, un paysage ou une série de mots. Après, il y a le rot. La première fois, l'infirmière a applaudi, je me suis cachée derrière mes cheveux, elle m'a demandé si j'avais entendu. Évidemment, un pilier de bar, après deux, trois bières, on n'arrive pas à y être complètement indifférent. Ensuite j'ai recouché Corine dans son lit, et j'avais le ventre tout mouillé. Edwige m'avait donné chaud en tirant sur mon sein. Inès dormait et c'est moi qui étais fatiguée.

Pendant l'accouchement, j'ai appelé Jules, mais son téléphone ne marchait pas, il n'y avait pas de messagerie au fin fond de son Amazonie. Je me suis dit que si je lui parlais, au moins, je ne crierais pas contre les infirmières, ça me gênait tellement de traiter la sage-femme de salope. Et je disais pardon entre deux injures, et une aide-soignante m'assurait que ça ne posait aucun problème, elles avaient l'habitude. À un moment, du coup, je l'ai traitée de pute, j'avais réussi à le retenir jusque-là, mais, puisqu'on me disait d'y aller, vire ta main, sale pute ! Elle appuyait sur mon ventre pour faire descendre Émilie, et dedans ça me faisait comme si on me piquait la chair avec une fourchette à rôti.

Sophie dort bien. Je suis infiniment triste, toute seule dans le lit blanc, avec le bruit des chariots dans le couloir, celui des femmes qui crient, et des enfants qui tombent. À midi, ils m'ont donné une soupe dans laquelle flottaient des petits vermicelles. J'ai pensé à Christine qui allait sûrement avoir un jour un microbe dans le corps. J'ai pensé à Élisabeth, à sa rentrée des classes, aux larmes sur le trottoir, aux cris pour ne pas y aller, j'ai pensé à Esther, à ses premiers mensonges, carnet de notes caché, sac de gym égaré, et zéro de conduite pour avoir triché. J'ai pensé à Brigitte, au fond de la cour, Brigitte et ses cailloux avec lesquels elle parle, il y a le papa, la maman, les enfants, et on y va, on joue, toute seule et sans ami. J'ai pensé à Sylvie que sa scoliose fait souffrir, je dois la dispenser, la couvrir, la masser, elle ne peut pas se débrouiller, je l'assiste, pansement au doigt qu'elle ronge, bandage au pied qu'elle tord, minerve au cou blessé. Je pense à Églantine, toujours première en tout, et même en gymnastique, elle n'aime pas les câlins, et se marie à seize ans, alors Jules est content. Je pense à Antigone qui veut faire du théâtre, tout le monde trouve ça normal, sauf Jules, qui considère qu'avant de se passionner elle ferait mieux de bachoter, et j'approuve, d'ailleurs je hoche la tête, et Antigone, furieuse, quitte le salon et dit Je suis dégoûtée. Je pense à Ingrid, incomprise, boulimique, qui rejette dans la cuvette tout ce que je m'échine à préparer, elle n'aime plus que l'eau bien chaude, ça facilite le vomi, comme elle dit. Je pense à Doris qui cherche le sens des choses, des êtres, fabrique des modes d'emploi, lit des essais, prend des notes, prend exemple, fiche le camp, finit par écrire des livres et par se tuer. Je pense à Chloé qu'un cancer emporte, à Marianne qui fugue et qu'on retrouve noyée, à Valérie qui me dit que je ne suis plus sa mère, à Karine qui ne peut pas partir, parce qu'elle a peur de me laisser, elle ne veut pas que je souffre, je pense à Cécile qui finit, elle aussi, vieille fille à cause de moi. Je pense à Prune qui invente des maladies, à Annie qui va nous en ramener si elle continue à coucher partout comme ça. Je pense à Laetitia qui sent la cigarette, a le pli des bras bleu, et un jour un cocard autour de ses jolis yeux, elle jure que c'est une porte.

Je regarde celle de la chambre, qui s'ouvre de temps en temps sur une petite personne qui demande comment ça va et inspecte le bébé. Je teste les prénoms, mais les gens font la moue. Ça leur rappelle toujours quelqu'un, et ça ne va pas. Mon téléphone affiche alors un message qui vient de Jules. Il dit Demain je suis là, et puis Je pense à toi. Je regarde sous le lien de ma chemise de nuit, je tâte mon ventre mou, j'essaie de le rentrer, je voudrais pour demain parvenir à le cacher. Vanessa dort toujours, les poings serrés, relevés de chaque côté de sa tête, je pense à Jules quand il dit que la vie est belle et fait un geste, un peu comme celui-là, qui signifie hourra, enfin, je crois. Demain je vais lui acheter un steak, quand il rentre de voyage, il réclame sa viande, et puis sa petite femme. Je ferai des frites, tant pis pour l'odeur, et une soupe de fraises, si j'en trouve, en février. Tiens, Bénédicte est Poisson. Je ne connais pas son ascendant, mais un jour elle me demandera sûrement l'heure de sa naissance pour le chercher elle-même. Et elle dira Oh c'est l'horreur, je suis ascendant Scorpion, comme toi ! Je l'enverrai dans sa chambre copier mille fois Je dois aimer ma mère. Titine m'énerve, là, dans sa boîte en plastique avec son nom marqué, mais pas de prénom devant puisque je n'ai pas trouvé. Loulotte pèse deux kilos neuf cent cinquante. Un beau bébé.

Pourtant je vais y aller, j'ai le ménage à finir, la flaque d'eau à masquer, sur le tapis de l'entrée. Je veux rentrer chez moi et attendre mon Jules comme on attend l'enfant, la main sur le ventre, pour lui dire qu'on est là, l'apaiser, tout est calme. Nénette dort bien. Je me lève et je prends mes affaires. Je vais quitter l'hôpital, ils sauront la placer, en plus, sans prénom, c'est bien moins compliqué. Je vais aller dans un centre me faire lipoaspirer, demain Jules rentrera, il me trouvera changée, mais moi je lui dirai qu'il est parti longtemps, et que ça m'a chamboulée. S'il voit mes points de suture, je lui dirai que je suis tombée. Au revoir mon bébé.

Rupture

Ma mère m'énerve. Comme je la trouve ennuyeuse, ça la rend agressive. J'ai décidé d'arrêter de la fréquenter, c'est comme mon compte à la banque, avec elle rien ne se passe, ça végète. Elle vieillit, je mûris. Je me donne du mal pourtant, j'essaye de l'inciter à penser à autre chose qu'à ses jeux, toujours eux, ses jeux à la télévision ou dans les magazines, dans les boîtes à fromage, sur les paquets de mouchoirs, dans les supermarchés, mais, en dehors de ça, elle ne s'intéresse à rien, sauf au décès des gens célèbres quand il survient sans qu'on s'y attende. Moi je fais des études pour devenir commissaire aux comptes, elle croit que c'est en rapport avec la police. L'autre jour, je l'ai entendue en parler au téléphone, elle disait que commissaire n'était pas un métier féminin et que j'allais finir dans un bureau : on me refuserait certainement le terrain, vu ma frêle corpulence. J'ai voulu lui expliquer ma profession, elle a pris l'air concerné, elle a bien écouté, mais comme d'habitude elle a clos notre échange par une phrase qui n'avait rien à voir avec le sujet. Une histoire de nouvelle pince pour couper les griffes du chat. Je lui ai fait remarquer qu'elle m'interrompait toujours pour des sottises, qu'on ne parvenait jamais à avoir une véritable conversation avec elle, alors elle a dit qu'on n'allait pas passer la journée à compter et à ergoter. Elle était blessée, elle m'a même appelée mademoiselle Comptabilité, pour se moquer, et a proposé de ressortir mon boulier de la cave. C'est ainsi chaque fois que je voudrais la détourner de ses points-fidélité gagnants, gagnants, c'est vite dit, vu la fortune qu'elle dilapide en timbres dans l'espoir de recevoir un lot auquel il manque toujours des piles ou des pièces. Je ne sais pas pourquoi je m'échine, ma vie ne l'intéresse pas. Ce qu'elle aime, c'est vérifier que les garçons me ramènent quand ils me sortent. Si j'évoque l'un d'entre eux plus précisément, elle s'inquiète de mes vaccins. Si j'organise un séjour à l'étranger avec une amie, surtout si c'est une amie que j'ai déjà mentionnée plusieurs fois, elle dit C'est qui, celle-là ? ou C'est qui, celle-là, encore ? Puis elle enchaîne sur l'assurance rapatriement, en cas de maladie ou de décès. Ou sur un autre pays beaucoup mieux que celui que je vais visiter, plus passionnant et plus agréable. Je crois que je vais arrêter de l'appeler.

Quand j'étais petite, on s'entendait bien. Le soir, on consultait des guides de voyage et on disait à mon père qu'on aimerait partir ici ou là, alors il nous emmenait. Il n'y avait pas à insister longtemps. Et, plus tard, ma mère a soudain rétréci, elle a changé de pays. Sa contrée est impénétrable, elle est terrée dans l'ombre d'une misère sans limite. Je vais arrêter de la voir.

Il y a quelques mois, je suis partie vivre seule, sur l'instant cette décision n'a pas semblé la perturber, mais tout à coup elle a basculé dans un drôle d'état, comme si mon absence revenait à une disparition et qu'il fallait à tout prix me retirer du paysage, comme s'il valait mieux pour tout le monde que je n'aie jamais existé. Je lui rends pourtant fréquemment visite, pour ne pas trop lui manquer, même si je m'ennuie. Je pense qu'elle s'ennuie aussi puisqu'elle lève à peine le nez de ses journaux, ou bien seulement pour constater que j'ai une petite mine et que je dois très mal m'alimenter. Si je lui propose d'aller faire un tour, là il faut reconnaître qu'elle s'illumine, elle file se maquiller comme si elle avait une soirée, et dans la rue elle a de soudaines accélérations, vers telle ou telle direction. Ça part dans tous les sens, même les mots galopent dans le désordre. On dirait que, à force de jouer, elle perd le sens de la réalité, établit un langage gémellaire, inaccessible à ceux qui ne seraient pas de notre sang :

– Et aussi, dans la galerie, les mouches, là, tu sais, en barrette ?

– Peut-être, oui.

– Non, avant on va trouver, essayer, la nappe ronde, mais, pour les chaussettes, je pense que la taille c'est trop, les stores, fais-les en papier, enfin pour la chambre, assortis aux serviettes.

Alors je m'inquiète, encore, ça se bouscule au portillon, les sorties lui procurent trop d'émotions. Pendant les soldes, c'est la catastrophe. Aux mots en vrac se mêlent chiffres, décomptes et pourcentages, je n'ai plus qu'à me boucher les oreilles et à attendre. Quelquefois j'en parle à papa, il dit que tout va bien, elle est contente, c'est tout, c'est moi qui ai le don de couper les cheveux en quatre. Je ne comprends plus rien de ce que raconte ma mère, mais tout va bien. Je vais arrêter de la sortir aussi, c'est décidé. L'écouter me nuit, mais la promener me détruit. Je la rappelle, il faudrait que j'arrive à comprendre et à expliquer exactement pourquoi je vais bientôt arrêter de l'appeler.

– Tu sais, le papier peint, la dame est passée, et son mari aura le temps, mais pas avant janvier à cause de la transition. C'est drôlement courageux, la Tanzanie, quand même.

– Je ne comprends rien, maman.

– Forcément, tu ne m'écoutes pas.

Alors j'essaye d'écouter mieux, c'est comme un puzzle, mais je crois bien qu'elle subtilise volontairement des morceaux ; à moi de chercher, de fabriquer encore, de fabriquer ma mère, de prendre le temps qu'il faut pour bien la réussir. Je la soupçonne de s'émietter pour m'occuper. Pendant que je révise mon concours, elle m'appelle :

– Pardon de te déranger, mais je vais être brève. Tu viens ce week-end ? Parce qu'il y a les cousins, à Colmar, mais on y va seulement si tu ne viens pas, si tu viens, on reste, et tu dis quiche ou viande. Le baptême, ça ira.

– Mais non, allez au baptême plutôt. Comme ça vous verrez la mer.

– On verra ce qu'on veut.

Elle ne me reprend même pas sur la mer à Colmar. En plus, elle me dispute. C'est de la persécution. Je ne parlerai plus jamais à ma mère, mais, juste avant, je la rappelle, pour la dernière fois. Je sais qu'elle va répondre en digressant, mais je voudrais savoir ce qu'elle pense de la réaction de mon nouveau fiancé. Je lui donne une chance de lever les yeux de ses mots manquants.

– Il m'a dit qu'il préférait partir faire du bateau tout seul cet été, plutôt que de m'emmener.

– Il te trompe.

– Tu crois ? Mais, si c'était ça, il me laisserait tomber, il ne se donnerait pas tout ce mal pour mentir, si ?

– Tu trouves qu'il se donne du mal ? Tu n'es pas difficile.

– Non, mais il pourrait me dire simplement que c'est fini.

– Ce n'est pas fini, il ménage la chèvre et le chou.

– Qu'est-ce que ça veut dire ?

– Il te garde, il te met de côté. En même temps, il s'amuse. C'est de son âge, tu sais !

– Je le quitte, tu crois ? Ça peut lui faire un électrochoc ?

– Pour ça, il faudrait qu'il ait un cerveau.

En plus, en cas d'urgence, ma mère a les mots pour abattre, le contact est impossible, je dois rompre, elle est sadique. Même quand elle souffre, c'est par calcul. Je comprends d'où me vient l'amour des chiffres. Si je le lui dis, si je tente d'évoquer quelque chose d'intrigant, comme cette coïncidence par exemple, mon amour des chiffres et son plaisir du calcul, elle va dire Hein ? ou bien Goutteur de feu en dix lettres, c'est croque-mort, non ?

Ce soir je n'appelle pas, je me couche directement et, une fois dans mon lit, je pense à mon copain qui va naviguer seul, parce qu'il aime ça, voilà. Ce nul. Je ne sais pas ce qui pousse ma mère à me prendre pour une imbécile. Je le quitte. Évidemment. Je n'ai pas besoin d'elle pour en arriver là. J'ai un cerveau.

Je ne dors pas avec ces rideaux mous qui ne cachent rien des lumières et des phares de voitures, il faudrait que je les double, depuis le temps qu'elle me le dit, mais je ne sais pas faire ça. Et je ne lui demanderai pas. Je suis contente de ne pas l'avoir appelée de la journée, je l'oublie, d'ici quelques semaines, ce sera comme si je n'avais jamais eu de mère. Elle est sûrement couchée et raconte à papa que je n'ai pas téléphoné. Elle pense que je pique une petite crise de rien, elle sera bien surprise demain. Je ne lui raconterai pas qu'un garçon, tout à l'heure, m'a cité Dick Rivers. Au restaurant universitaire, il m'a dit Tout ce que contient ton jean sera ce soir dans mon lit. Eh bien, ma mère n'en saura rien. Mon poète, je vais le garder pour moi. Qu'est-ce qu'elle croit ? J'ignorerais donc que faire du bateau sans moi signifie me quitter ? Je ne suis pas née de la dernière pluie. Ce soir je n'appelle pas, mais demain je l'appellerai, au moins pour lui dire ça. Quant au nouveau garçon, j'espère qu'il me chantera encore la chanson. Je ne sais pas ce que dirait maman sur un garçon direct et plein d'esprit, mais ça ne m'intéresse pas. Elle me conseillerait de me faire désirer, qu'est-ce qu'elle y connaît, en forteresse inaccessible ? Elle me parlerait de ses ancêtres ou de ses camarades de classe, mais qu'est-ce que j'en ai à faire, moi, de ces gens-là ? Je ne les connais pas. D'ailleurs, je leur dis les cinq lettres.

Ce matin je l'ai appelée, je voulais rompre, elle a décroché :

– Fais vite, tu me déranges, j'ai les courses à ranger.

– Je voulais juste t'embrasser.

On t'embrasse affectueusement

Devant ou derrière la fenêtre, selon les saisons, dans ce fauteuil où on me place le matin et d'où on me retire au coucher du soleil, tôt ou tard, selon les saisons, je lance des cailloux. Jamais ils n'atteignent le mur d'enceinte du jardinet où l'herbe pousse, folle en été, tondue l'hiver, comme en pénitence. J'attends une fille, il ne faut pas bouger, c'est bientôt l'heure, tout se passera bien. Elle va venir, aller, venir, avec ses jolies mains, ses yeux, comment seront-ils cette fois, et sa peau blanche. Une fille marchera dans le jardin, regardera l'herbe ou la terre, s'intéressera aux astres et aux histoires. Je lui raconterai les météorites, comme le faisait mon père, comme son père, je n'ai jamais su dire aux hommes qu'il fallait se taire et surtout ne pas parler après mon père. Ma petite-fille va venir et à elle, je pourrai réciter le Notre Père.

On nous met en rond, toutes ensemble, les mères attentives, suspendues entre la pendule et l'eau qui va se répandre sous nous, forcément, l'émotion, bientôt quinze heures, on épongera. En attendant les visites, on chante, et quand les portes s'ouvrent et que les enfants viennent, pour certaines, quelle joie, pour les autres, quelle attente, et une seule crainte, l'oubli. Mais peut-être viendront-ils la semaine prochaine, disent les auxiliaires de vie. On ne sait plus qui pleure des enfants ou des mères, certaines rient, d'autres se plaignent. C'est difficile d'avoir une fille. Je l'attends, différente, indifférente, avec son aplomb revenu si possible, et la grâce.

Il s'écoule toujours au moins neuf mois entre deux visites de ma fille. C'est son mari qui coince, je crois qu'il n'aime pas l'asile. Quant à venir seule, sans lui, elle y a beaucoup pensé, mais deux cents kilomètres sans copilote, c'est bien dangereux quand on prend des tranquillisants, même occasionnellement. Alors elle m'appelle, hésite, promet de venir et puis retarde, et quand elle arrive enfin, elle dit Tu vois, je suis là. Pour eux c'est une sortie. La veille, elle prévient que c'est pour le lendemain. Il accepte, mais, s'il fait soleil, lui reproche de ne pas avoir attendu un dimanche de pluie, elle répond qu'elle n'est pas météorologue. Lui, il s'appelle Jean, mais elle l'appelle Jean-Lou. Je ne comprends pas pourquoi elle n'abrège rien, jamais, même moi, elle m'appelle maman Lucie, comme si elle avait d'autres mères, ailleurs. Ses enfants m'écrivent peu mais bien, on sent qu'elle maîtrise, en amont, le style et le sentiment. Je la devine, cachée derrière l'adverbe qui détaille l'embrassade de fin.

Quand elle arrive dans le jardin, elle me fait signe, comme à une petite fille dans le fond d'une cour d'école, comme si j'allais me lever de mon fauteuil et courir jusqu'à elle. Alors je la regarde venir, le visage barré par une vilaine cicatrice, parce que Jean-Lou lui a retiré son sourire. Il l'a convaincue de se tirer la peau pour se rajeunir un peu. Elle a beau essayer de me faire croire à la fête de leur vie, de leurs jours, elle a beau me parler d'une pièce de théâtre qu'ils ont vue, d'une bague qu'il lui a offerte ou d'un rêve qu'ils ont eu, je la vois s'étioler, comme une plante trop nourrie, trop gâtée, qui se fane. Il marche derrière elle, avec garçon et fille, mimant la joie et le destin fabuleux qui s'avancent, quand je serai morte. Fabuleux, je ne sais pas, mais l'asile ne vaut pas cher, c'est moi qui ai refusé la maison de standing, plus haut dans le village, qui aurait coûté bien plus, j'ai préféré miser sur la visite des miens dans une retraite humble qui ne leur retirera rien, enfin si, si je dure trop, mais je n'y songe pas. On m'a trouvé hier une petite bille dans le dos. Avec celle dans le sein et la petite sous l'oreille que j'ai déjà repérée avant qu'on l'analyse, je ne me donne pas longtemps. Je voudrais seulement, avant de partir, une fois, que ma fille vienne toute seule et me sourie, comme avant, la lèvre relevée sur ses dents de devant, et pas comme si elle venait d'avaler un couteau. Elle n'est pas responsable, elle a aimé son père, en vain elle a tenté de lui trouver un sosie, déçue que dans le monde il n'existe nulle part, elle a choisi Jean-Lou. Après, elle a tenté de devenir une épouse, prenant exemple sur moi, j'avais la tâche facile avec son père en or. Ce n'est pas sa faute, et elle avance vers moi, la tête un peu penchée et la bouche entrouverte. Elle fait encore bonjour, et les enfants s'y mettent, j'entends ma petite voisine, Camille, Camille Lartigue, j'entends Camille Lartigue faire son pipi tout près, sous elle, comme d'habitude, elle n'aime pas les visites, elle n'en reçoit jamais, alors je partage les miennes, grâce à ma fille, urbaine, qui ne manque pas de lui parler, Et vous, madame Lartigue, avez-vous profité du soleil ce matin ? Il faut sortir, ça fait du bien au moral ! et puis regardez les petits soleils qui viennent vous voir... Mes petits-enfants, en rechignant, serrent alors la main de ma vieille voisine. Et là, je me mets à la place de Camille qui écoute en pissant une femme de trente ans de moins qui en paraît autant, lui dire que le soleil est venu lui rendre visite. Les enfants pouffent, s'éloignent de quelques mètres en se bouchant le nez. Ma fille ne supporte pas cette affaire de pipi, d'ailleurs elle vérifie toujours qu'on m'accorde mon quota de couches, elle les paye, enfin, elle et Jean-Lou, et ils n'apprécieraient pas qu'on me passe à trois couches s'ils en règlent quatre, c'est bien normal. Si besoin est, ils me passeront à cinq, je n'ai qu'à le demander. Après l'affaire des couches qu'on évoque à mi-voix, c'est compliqué de parler. Les enfants tournicotent, se chamaillent au milieu des fauteuils roulants, des cannes et des verres d'eau. Alors ça y va, les menaces et les gifles. Jean-Lou fait preuve d'autorité, ma fille témoigne par un sourire las qu'elle prend le parti de son mari, puis me regarde pour vérifier que je suis la conversation. Alors ils sont contents, je souris aux uns, aux autres, dis merci à la tranche de clafoutis aux poires disposée dans une boîte en plastique qu'elle va récupérer après que j'ai mangé dedans, bah, diront les enfants. Alors ma fille se cabre, elle préférerait que je dise merci aux enfants plutôt qu'à la part de gâteau. C'est eux qui l'ont fait. Et moi je débloque exprès, ça la conforte dans l'idée qu'elle a bien fait de me mettre ici, ça la libère, ça la soulage. Quand son mari dira que je suis bien installée, elle pourra lui répondre qu'ils ont bien fait. C'est surtout madame Lartigue qu'a fait ! diront les gosses en ricanant.

Je guette le sourire de ma fille, quand enfant elle posait si gentiment sur les photographies et dans mes bras. Je guette au fond de son œil la trace d'un souvenir, mais elle a oublié, son visage est choqué, figé par un grand drame. Elle sait que je la regarde, alors elle vérifie que je ne suis pas bloquée ou quelque chose d'approchant qui viendrait de ma vieillesse et qui prendrait du temps. Elle me touche le bras pour savoir si ça va. Je n'ose pas lui demander de me sourire comme avant, je sais qu'elle peut dire quelque chose comme Mais enfin maman Lucie. Les enfants s'impatientent, on parle vaguement des cousins et de ce que je mange ici, alors les enfants trouvent que j'ai de la chance de manger autant de pâtes. S'ils sont bien sages toute leur vie, ils finiront là, s'ils s'appliquent à aimer et à faire le bien, à sourire et à faire sourire, un jour, eux aussi mangeront plein de pâtes. Ma fille sait ce que je pense, peut-être même ce que je retiens, alors elle tourne les yeux et sourit à Jean-Lou pour me montrer que ça va, tout va, je peux y aller maintenant.

Ma petite fille s'avance dans l'allée de l'église, derrière mon grand cercueil, qu'elle a choisi en chêne. Les enfants ne sont pas là, ils sont en colonie, et Jean-Lou est d'astreinte, quelle idée de mourir au beau milieu de l'été, il sera là en pensée. Ma fille a fait la route toute seule. Elle s'assoit contre le cercueil dans lequel je repose. Elle est étonnée qu'allongée je sois devenue si petite, si tassée. Elle a choisi une prière qu'elle aimait chanter avec son père, alors elle glisse sur les genoux, tout contre moi, elle pose sa main contre le bois. Derrière nous, l'assemblée reprend les chants, les gens de l'hospice ont écrit quelques mots en assemblant des lettres avec des fleurs. Le prêtre m'envoie au ciel, puis il vient voir ma fille. Il lui touche la joue et la caresse doucement, puis il pose avec elle la main contre le bois, alors elle sourit, comme une enfant qui réussit un premier pas, comme une femme qui avait perdu la main et vient de la retrouver. Elle sourit aux anges, comme avant, enfant, quand elle regardait son père et moi, un dans chaque main, et qu'elle vérifiait que ça pesait autant des deux côtés, même si papa était toujours un peu plus lourd. Elle sourit et son sourire détend les muscles de son visage, au risque d'y laisser soudain s'imprimer la peur, mais elle pense que ça importe peu, elle a mal et c'est beau, elle est seule à tomber, sur ma tombe penchée, elle me sourit si fort, elle dit maman tout bas, elle dit non, non maman, et ça vaut pour moi tous les oui qu'elle a dit à qui ne la mérite pas, et sans jamais fléchir. Accroupie sur la terre, elle pleure et elle promet, tout bas, en souriant, de revenir souvent. Maître à bord, au volant, elle s'est sentie voler. Alors je pars en paix. J'ai le sentiment qu'on l'a franchi ensemble, et que ça ressemble à ça, un premier pas.

Münchhausen par procuration

Dès qu'on arrive à l'hôpital, elle nettoie consciencieusement le mobilier à l'alcool et paye l'accès au poste de télévision dont elle emballe la télécommande dans un bonnet de douche. Elle embrasse madame Domini, l'infirmière en chef qui s'occupe de l'étage et nous connaît bien, ma mère et moi, depuis un an qu'on vient. J'arrive affaiblie, les jambes molles, la bouche sèche, et souvent ma mère me porte jusqu'à l'étage, puis on m'allonge sur un brancard et, là, elle souffle enfin, on va me soigner et la réconforter. Ma maladie rend les médecins timbrés, ils ne comprennent pas pourquoi je développe des septicémies, alors que je ne souffre pas d'immunodéficience et que ma nourriture est toujours bien choisie par maman qui veille. Elle épate les médecins avec ses connaissances, ils l'appellent même docteur, elle s'en excuse en rougissant, elle a été préparatrice en pharmacie, mais, depuis que je tombe malade, elle a arrêté de travailler pour se consacrer à moi malgré les oh et les ah de ses amies, qui étaient plutôt contre.

Elle m'accompagne en salle de radio, elle se met

derrière la vitre, n'en rate pas une de ce que disent les docteurs pendant qu'on me passe aux rayons, puis vient jusqu'à la porte de la salle de soins, où on lui confie une blouse et un masque pour qu'elle puisse me donner la main pendant qu'on me prélève mon sang ou d'autres petits fragments, et qu'on n'y comprend rien. Elle écoute tout, quelquefois je préférerais qu'elle écoute moins, je sais ce qu'elle fait, après, de ce qu'elle apprend. Ça bout dans sa tête et ça gicle sans prévenir. C'est comme ça qu'elle a fait une tentative de suicide aux suppositoires. Elle s'en est offert cinquante-sept. Elle avait glané l'information dans un couloir. Elle s'est régalée de voir les médecins armés d'une kyrielle de tuyaux lui fouiller le ventre sans rien trouver, elle imite encore à ses heures festives les réanimateurs fâchés de ne pas comprendre et la grondant pour connaître la provenance ou l'emplacement du poison. Ah, ah ! leur avait-elle répondu fort contente d'elle, c'est pas par là qu'il faut regarder ! Dans le ventre, vous ne trouverez rien, j'ai tout mis dans mes fesses !

Mais, comme on a changé de ville, l'hôpital croit que ma mère est normale, ils ne savent rien de sa tentative de suicide aux suppositoires. Je la ferme, on en ferait certainement une montagne, alors que tout cela est derrière elle, du moins voudrais-je le croire. Mais, du haut de mes sept ans et de mes douze septicémies, je peux dire que ce n'est pas fini, je ne suis pas certaine que ce qu'elle me fait soit bien normal. Mais je ne me rebellerai pas, je ne sais pas ce que cela signifie de toute façon, je dois oublier le sens de ce mot, sinon c'est le garrot. Elle me le place au-dessus du genou quand je fais une bêtise et elle me traite de potasse (à cause de potassium). Elle dit que, si elle attend trois heures pour me le retirer, je peux mourir sur-le-champ d'une décharge de potassium qui fera péter mon cœur. Alors je dis Pardon maman que j'aime, et elle le retire aussitôt, ça tiraille dans ma jambe, mais elle la caresse doucement avec sa main en disant qu'elle sait que c'est douloureux de manquer de sang un moment. Je sais, je sais que ça fait mal, dit-elle en me berçant.

Mes septicémies me font manquer l'école, mais ma mère dit qu'à mon âge ce n'est pas bien grave. Elle me maintient tout de même à niveau et vérifie que je n'ai pas oublié les lettres, les formes et les chiffres au programme. Si j'ai la force, entre deux rechutes, de retourner en classe, c'est le cœur lourd que je retrouve mes anciennes amies, qui se tiennent de toute façon éloignées de moi parce qu'elles ont appris que ma maladie est une sorte de pourrissement de l'intérieur. J'en parle à ma mère, je lui demande de leur expliquer les choses proprement, mais elle dit ne rien pouvoir contre leur méchanceté, c'est de la bêtise en barre. Mes microbes n'ont trouvé qu'une alliée, ma mère. C'est donc plutôt soulagée que je retombe malade et quitte à nouveau la cour des peaux de vache pour regagner mon lit, le fauteuil, et ses bras. Mon père voyage tout le temps, surtout quand je rechute. L'hôpital lui fait peur, il trouve mille choses à faire à l'extérieur. Et peut-être même des enfants, pense ma mère à haute voix quand je demande pourquoi il ne rentre pas. Elle dort en chien de fusil dans son grand lit et m'y accueille si je cauchemarde, elle me serre contre elle, elle dit qu'on est bien mieux toutes les deux. Un été, elle m'emmènera aux îles Caraïbes, mais avant je dois me remplumer. Elle a été obligée de me retirer du cours de danse, alors, entre les soins et quand je m'en sens la force, à la place, on saute à la corde, l'une en face de l'autre, et la première qui s'arrête a perdu. C'est souvent moi qui gagne, mais après je mets du temps à retrouver mon souffle, alors elle me ventile avec un appareil en me disant Respire, et c'est pas rigolo.

J'ai de la chance parce qu'à l'hôpital elle dort avec moi, ça arrange même le personnel soignant, débordé, de ne pas avoir à me surveiller de trop près la nuit. C'est maman qui le fait. Elle reste assise au bord de son lit et, quand je me réveille, fiévreuse, délirante, je ne la trouve jamais endormie, mais toujours au poste, dans une position parfaite de veille intense, ou parfois accroupie, au-dessus d'un bocal dans lequel elle fait ses besoins, pour ne pas me quitter, les toilettes sont trop loin. Ensuite, elle met un peu d'eau dans le bocal et mélange la pâte ; là, elle prend une seringue, y installe une aiguille, et m'inocule, encore, en disant Mon amour, cette sève infâme qui me descend dans le corps. C'est pour ton bien, dit-elle, si elle voit mes yeux regarder la seringue dévider son marron dans mes veines impuissantes. Dors vite, maman est là.

La honte

Ça a recommencé le jour où elle m'a proposé d'organiser une soirée pour mon anniversaire. Elle a appelé tous les parents pour les prévenir qu'elle serait là et surveillerait qu'on ne danse pas trop près pendant les slows. Elle a promis qu'il n'y aurait pas d'alcool, au besoin elle était prête à fouiller les sacs des petits malins ou à leur renifler la bouche. Quant à ceux qui voulaient dormir là, pas de problème, on ferait deux dortoirs, filles et garçons, chacun chez soi. Du coup, je n'ai eu que sept amis, en comptant le fils de mon parrain et son cousin, que je ne connaissais pas et que maman avait invités, jugeant sympathique de mélanger d'autres jeunes à la bande habituelle. Elle appelle ça « faire un roulement ». Au collège, ils ont été nombreux à se ficher de moi : l'interdiction d'échanger des baisers, même sans la langue, avait mis de l'ambiance. Dans la cour de récréation, je ne sais pas combien ils étaient à imiter ma mère, je n'ai pas osé compter. Pour sa part, elle a trouvé la soirée très réussie. Après avoir promis de rester cachée dans la cuisine, elle s'est finalement postée sur une chaise dans l'embrasure de la porte du salon et a battu la mesure avec ses pieds en insistant pour que mon père l'invite à danser, mais, comme il a quelques égards pour moi, il a refusé. N'y tenant plus, elle a organisé un quart d'heure américain. Personne ne savait ce que ça voulait dire, alors elle a arrêté la musique pour nous expliquer, et toutes les filles ont invité des garçons, sauf qu'il y avait plus de filles que de garçons, donc on a fait des couples de filles et, là, ma mère a dit qu'elle ne voulait pas de ça chez elle. Du coup mon père a dû s'y coller, comme au Guignol pour l'anniversaire de mes cinq ans. Ça a fait un garçon de plus. Tous mes invités soupiraient, on s'étonne après de la détresse de certains jeunes. À la fin de la boum, j'étais au bout du rouleau, je me suis juré intérieurement de ne plus jamais recevoir qui que ce soit à la maison. Personne n'avait tenu à dormir là, alors j'ai rangé avec ma mère, qui continuait de dansoter sur la musique pour avoir l'air décontractée. Mon père m'adressait des sourires désolés, et ma mère répétait qu'elle était vraiment contente de ses quiches en me flanquant le moule à tarte sous le nez et en me disant T'as vu, ils m'ont tout terminé ! On croit que ça n'aime que la lorraine, mais le poireau descend bien !

Je me suis juré de ne plus proposer à quiconque de venir à la maison, mais cette décision n'a pas de sens, vu que personne n'en éprouve l'envie.

– C'est pas de ta faute, mais, ta mère, elle est un peu...

– Un peu quoi ?

Du coup, je vais chez les autres. J'aime bien les mères des autres, elles sont normales, elles s'intéressent de loin, discrètement, pas comme la mienne qui cherche toujours à me trouver des activités, alors que, ce que j'aime, c'est traîner. J'ai honte quand elle m'explique que mes seins ont poussé. J'ai honte quand elle soudoie le fromager pour une lichette de gruyère à manger tout de suite, comme si j'avais trois ans, ou quand elle sent mes cheveux et demande à la pharmacienne un petit quelque chose contre les odeurs de tête. J'ai honte quand elle confie à la caissière ses impressions sur la salade au thon ou qu'elle tire brutalement mon bras parce qu'un clochard est couché en travers du trottoir. J'ai honte quand elle klaxonne, chaque fois qu'elle dit Allô, et quand elle court, aussi. J'ai honte quand elle demande aux amis qui me téléphonent de lui préciser leur nom de famille. J'ai honte quand elle mâche ou s'enferme aux toilettes. J'ai honte quand elle dit chéri à mon père. J'ai honte et ça ne va pas s'arranger. Parce que le drame, le vrai, c'est que ma mère s'est proposé d'accompagner ma classe pour le voyage scolaire à Rome, et elle a été retenue. Et tous les élèves en entendant son nom ont dit Oh non, l'horreur, pas elle. Avant de partir, je la supplie de la fermer au maximum, Ferme-la souvent, je t'en prie, maman. Elle me traite d'impertinente, et je vois qu'elle a les yeux mouillés, alors je me tais. Je n'ose pas lui dire de m'épargner ses collants en spray, une trouvaille pour l'été qui lui fait la jambe marronnasse, comme si elle portait des chaussettes de contention.

Dans le train-couchettes, elle veille. Elle a instauré un tour de garde alternée avec la professeur d'histoire et le surveillant. Elle connaît tout des risques ferroviaires, le fou des toilettes, l'étrangleur du bar, l'obsédé du couloir. J'ai déjà entendu trois camarades dire que ma mère était pénible, ils n'ont pas dit pénible, ils ont dit un mot qui leur vaudrait des lignes si ma mère les avait entendus, peut-être même des pages si elle n'était pas un peu dure de la feuille. C'est Constance qui m'a fait remarquer son handicap, les enfants disent Deux chaque fois que ma mère dit Hein, et Quoué chaque fois qu'elle dit Comment. Et le pire, c'est que ça la fait rire, je me demande si elle est normale. C'est ta mère ou ta grand-mère ? m'a demandé Piotr. Je l'ai traité de sale Russe, et ma mère m'a donné quarante lignes, elle m'en aurait bien donné plus, mais elle craignait que ça me fasse rendre, d'écrire dans le train. J'ai donc copié « Dire que Piotr est un sale Russe est un propos raciste, je le retire et prie Piotr de m'excuser ». Quand je lui ai tendu la page, Piotr m'a traitée de sale conne, et ma mère a dit Hein ? et tout le monde a dit Deux. Du coup, elle a dit Comment, et tout le monde a répondu Quoué. Elle a ri, pour bien montrer qu'elle savait être autoritaire et en même temps sympathique et décontractée. D'ailleurs elle a embrassé tous les enfants au moment du coucher. Et elle a chanté une chanson différente pour chaque compartiment. Elle a promis de nous les apprendre aux veillées, j'ai entendu un garçon dire que, d'ici là, sa langue serait tombée. Elle a nommé un chef par compartiment. Elle est rentrée une dernière fois dans le mien, et je lui ai discrètement demandé de m'embrasser. Elle sentait bon le parfum frais et j'ai eu envie de pleurer.

C'est elle qui a trouvé l'auberge de jeunesse. Elle a tout pris en main, et elle s'est occupée de la répartition des chambres, laissant à chacun le soin de choisir ses amis, filles ou garçons. À un moment, j'ai entendu Jean-Paul dire que ma mère était mieux que mademoiselle Tanguy, et ça m'a réchauffé le cœur, même si Piotr a ajouté que ce n'était pas très difficile. Ensuite elle a demandé au directeur de l'auberge de nous préparer des pique-niques. À peine avait-on eu le temps de réclamer que déjà on était rassasiés, ça changeait des sorties où il fallait attendre des heures avant d'être nourris. Mais j'ai eu honte à nouveau parce qu'en déballant ses sandwichs elle a dit Bon app, bon app ! et personne n'a répondu Péti. Alors elle l'a refait. Pour que ça cesse, pour donner le ton, j'ai crié Péti ! et tout le monde a repris, sauf Icône qui a demandé ce que signifiait Péti. Du coup, les autres se sont moqués d'Icône et on m'a fichu la paix. Ce que je ne voudrais pas, c'est que ma mère découvre qu'Icône a une aventure bientôt sexuelle avec Enguerrand. Elle risquerait de s'en mêler. Alors, quand je vois Enguerrand caresser doucement une fesse d'Icône pour montrer aux autres que c'est pour un avenir proche, j'attire l'attention de maman sur un monument et elle se réjouit que je m'y intéresse. Pour ceux qui ne se passionnent pas, elle invente des histoires, promet des glaces, et s'en tire bien mieux que mademoiselle Tanguy qui menace d'un zéro tous ceux qui parlent pendant les visites. Sauf moi, elle n'oserait pas, vu que j'ai un parent accompagnant. Il y a un élève un peu timide, Auguste-Émilien, qui passe son temps à coller ma mère. Elle l'appelle Auguste-M. et ça le fait sourire, alors que normalement il est très taciturne. Ses parents lui font porter des pantalons de golf, du coup il ne ressemble jamais aux autres, alors maman lui a discrètement montré comment faire des revers pour que ça ressemble à un short. Pendant que maman est occupée avec lui, j'ai tout le loisir de me rapprocher de Luc. Il n'est pas venu à ma soirée sous prétexte que, s'il ne pouvait pas me galocher, ça ne valait pas le coup de se déplacer. On a beaucoup parlé de « galocher » avec mes amies, et Icône, elle, connaissait la signification. Depuis, je suis restée bloquée sur ce baiser suspendu au-dessus de ma tête comme une promesse ou une menace. Je me suis beaucoup entraînée contre un poster de James Dean, même si Luc est plus brun et a trois dimensions. Au début du voyage, à cause de la présence de ma mère, il m'a pas mal ignorée, mais, depuis qu'il la voit occupée à la réhabilitation d'Auguste-Émilien, il se rapproche. Je me dépêche donc de le coller pour ne pas le laisser s'échapper. Mais je suis triste parce qu'il se désintéresse de moi, il parle aux autres filles, souvent à Chloé qui a pourtant déjà un homme dans sa vie, même si elle ne le voit que pendant les vacances, à Saussaie-les-Pins, et craint d'ailleurs que ça s'arrête à cause de ses parents, qui ont acheté une maison à Amboise et n'ont plus assez d'argent pour continuer à aller à la mer. Je suis là, postée à côté de lui, je souris, je profite de son odeur quand il bouge, je prends l'air à l'aise, mais mon cœur n'y est pas. Un soir, alors qu'on vient de manger des pizzas assis devant une fontaine dont on se fiche, mais à laquelle on s'intéressera plus tard, maman me conseille de m'éloigner un peu si je veux plaire à Luc. Elle dit Crois-moi, si tu t'éloignes, il va courir. Et elle s'en va. D'un peu plus loin, elle cligne de l'œil. J'ai honte, j'ai peur que tout le monde croie qu'elle a une conjonctivite ou quelque chose de dégoûtant comme ça. Du coup, je fais ce qu'elle me dit et je file m'asseoir dans un groupe de filles pour qu'elle cesse de cligner. Là, elle revient et me dit d'aller voir Antoine. Je le déteste, mais je me soumets. Et ça marche, tout marche. Luc devient fou et me regarde sans cesse. Ma mère me fait un clin d'œil, et j'ai un peu honte, mais je lui souris pour dire merci.

Elle nous apprend les chansons promises. Mais, au bout de plusieurs soirs, on se met à en chanter d'autres et elle trouve ça bien, contrairement à mademoiselle Tanguy qui nous reproche de faire trop de raffut avec nos rythmes dégénérés. Un soir, Bénédicte a le cafard, et ma mère trouve les mots pour la consoler et un téléphone pour qu'elle puisse appeler chez elle, même si ce n'est pas autorisé pendant le voyage. Elle entre en discussion avec monsieur Maurice qui est contre, elle dit carrément Vous préférez la laisser pleurer toute la nuit ? Et au moins les trois quarts des enfants applaudissent. Le dernier quart siffle monsieur Maurice. J'ai honte quand elle revient vérifier qu'on dort, parce qu'elle porte ses pantoufles à talons, mais les enfants regardent plutôt sa tête, enfin j'espère. Je ne crois pas me tromper puisque j'entends Xavier dire que ma mère a un gros nez, ça me donne envie de pleurer, mais en retour il se fait traiter de patate par Luc, et ça m'enchante. Ma mère continue à grimper dans les sondages puisqu'elle demande au vilain Piotr à qui elle trouve une importante bedaine s'il a bien été aux toilettes régulièrement depuis l'arrivée. Tout le monde éclate de rire, j'ai très honte, mais, comme tout le monde déteste Piotr qui fait mal quand il frappe avec son crâne, on encense ma mère géniale, et d'autres adjectifs encore plus grands que celui-là.

Le séjour file, on s'amuse bien, ma mère a perdu son serre-tête en se baissant et on lui a montré comment le remplacer par un lacet, du coup j'aime bien sa tête. Je continue à raconter quelques mensonges sur son compte, je dis à tout le monde discrètement qu'elle va sans doute mourir, elle est très malade. J'ai le sentiment que ça peut l'excuser pour toutes les fois où elle est ridicule et où j'ai honte. Je raconte des malheurs qu'elle a eus dans sa vie, violée par son père, battue par sa mère, et mon père qui la trompe. Avec ça, je suis tranquille, les élèves lui tiennent la main et la regardent gentiment. Le dernier soir, elle distribue des petits cadeaux. Elle a trouvé une attention pour faire plaisir à chacun. Elle nous donne le droit de dormir tous ensemble n'importe comment dans la même chambre.

Luc dit qu'il aimerait bien avoir une mère comme la mienne, et tout le monde acquiesce. Après, il m'embrasse sur la bouche, devant tout le monde, je ne pense à rien de ce que j'ai prévu de faire si ça arrivait, ni à fermer les yeux, ni à passer mes bras autour de son cou, ni à refermer ma bouche quand il a terminé. Je reste bouche bée. Je n'ai personne pour me dire de la fermer.

Mon père n'est pas méchant, maman

Elle est belle, au-dessus de mon berceau, devant l'école, dans la voiture garée au coin, et puis maintenant, vingt ans plus tard, dans le café où elle m'attend pour boire un thé, vert, c'est la mode, il paraît que ça peut faire maigrir, alors elle essaye, des fois qu'elle perde un os ou deux. Je l'ai regardée traverser la rue, l'air hagard, elle a serré l'un contre l'autre les bords de son manteau, comme pour ne pas s'échapper d'elle-même, la peur au ventre, tellement vibrante. J'ai ralenti pour arriver après, elle n'aime pas que je l'observe, elle se préfère déjà installée, du bon profil, et à la bonne lumière, si possible. Jadis elle a été reine de beauté de son lycée, et ce n'est pas pour rien. Elle a choisi une table au fond du café, où je sais qu'elle se sentira bien. Tout à l'heure on ira nager.

Elle m'embrasse et, dans son œil, la petite mouche se met à danser. Elle avait déjà commencé, avant que j'arrive, à battre la mesure, à vérifier, devant, derrière, et à côté aussi, qui sait ce qui pourrait arriver. Une aiguille cherche à la piquer, un couperet va tomber, et, dans son dos, on arme, on bande un arc. Elle est si maigre quand elle se retourne et que sa robe borde ses côtes. Elle cherche d'où ça peut venir, mais la menace est dedans, je le sais et pas elle, pas encore, elle la cherche, soudain le vent peut tourner. Ça se passe comme ça au début, puis elle se calme, boit son thé, l'eau chaude réchauffe et tranquillise, elle respire, on est là, mère et fille, oui j'ai fait réparer la fenêtre, écrit à l'assurance, et puis, pour les vaccins, tout est bon, oui, l'adresse est rectifiée sur ma carte d'identité. Elle trouve que ses cheveux sont mous, elle voudrait en avoir plus, et les porter longs, comme moi, mais à son âge il paraît que les coupes courtes... Alors elle dit Tant pis, ton père trouve ça pas mal, mais regarde mon cou tout plissé. Je lui réponds qu'il n'y a pas de graisse, alors qu'il n'y a pas de plis, je mens, parce que je repère sur son cou fin et droit des petits sillons qui font comme un collier. Elle trouve mon pull très doux, elle le touche, elle se demande si c'est nouveau, pas un peu compliqué à entretenir, alors je lui dis que je le lui donnerai à laver, et elle est contente, enfin je crois. Je lui confierai aussi mon blouson, et mon pantalon en velours, parce que je suis incapable de m'en occuper. Elle me dit que ce serait bien d'apprendre. Mais elle le fait tellement mieux que moi. Sinon, elle hésite à lire un roman dont lui a parlé une amie, mais il paraît que c'est un drame, elle a peur de se sentir mal, après. Je lui soutiens que c'est rare et bon d'être bouleversé, il faut en profiter, je lui demande le titre, on va le lire ensemble, l'une après l'autre, puis on en parlera, ça lui plaît comme projet. *Si j'étais petite, je te demanderais de me le lire assise au bord du lit.*

Elle regarde deux femmes de son âge bavarder gaiement debout dans le café, elle se demande si elle va s'amuser au mariage de son filleul samedi. Elle va avoir les pieds mouillés, c'est énervant, ces mariages à la campagne et dans la boue. Je lui dis que c'est bien, elle va danser, elle parle du cocktail à n'en plus finir, des mariés qui n'ont même pas remercié pour le cadeau – une pelle à tarte avec un manche en forme de tresse –, du standardiste au service liste de mariage, tellement désagréable, elle parle de mon père, qui sera en gris parce que c'est joli.

Oui, ça va avec mon copain. Elle aimerait bien le connaître, elle fera un gâteau, celui que je préfère, et on boira du thé, vert. Ou du vin, si on veut, on peut même venir dîner. Elle lui racontera que, petite, j'avais inventé un père pour ma poupée, qui portait le même prénom que lui. Ça m'énervera un petit peu, mais papa me fera un sourire en haussant les épaules, l'air de dire Et alors ? Oui, ça va avec mon copain, mais peut-être que ça ne durera pas. Ça va trop bien ? dit maman avec un sourire, tu t'ennuies, hein ? *Alors là, oui, même si c'est faux, maman, je m'ennuie. Je veux m'ennuyer pour toi, comme toi, je veux m'ennuyer toute la journée, sauf pendant l'heure du thé.*

Ma mère tousse, sèchement, violemment, elle se tient les côtes, et la mouche dans son œil repart en tournée, l'œil cherche, hagard, un soutien. Je me mets à tousser plus fort qu'elle, alors elle arrête de fureter comme ça, avec ses yeux mouillés, elle cesse de trembler, elle me demande ce que c'est que cette toux, mais je tousse trop pour lui répondre. Tousser lui a rosi les joues, elle me sourit et me tend un peu d'eau, elle me caresse les doigts. Tu t'étouffes, dit-elle. Non. Elle trouve idiot d'aller nager dans cet état-là. Tu es sûre que tu ne fumes pas, tu me le promets ?

Mais moi j'insiste, on l'avait dit, on va nager. Elle trouve mon sac de piscine rigolo, elle le regarde, le tire aux quatre coins, le soupèse, c'est bien lourd pour mon dos. Elle me tient le bras, on s'arrête devant une vitrine, une jupe lui plaît, la mouche s'est endormie, maman est très contente soudain, cette jupe, elle en rêvait, taille basse, avec des plis en bas, dans une matière qui vole, alors on entre, mais la mouche revient, c'est compliqué de parler à la vendeuse. *Je le fais si tu veux.* Mais la jupe ne va pas, elle est trop courte, à son âge elle trouve ça ridicule, *arrête un peu avec ton âge.* Et puis la vendeuse ne s'occupe pas d'elle. Elle répond en même temps aux questions d'une autre cliente. Elle me dit Viens, on s'en va, de toute façon ça ne m'allait pas.

On nage dans deux lignes contiguës, et dès que je vais la dépasser, je ralentis, je veux la laisser me battre, comme avant, en vacances, quand j'étais petite et que je lui reprochais de gagner. Je souffle comme un bœuf, je lui dis que je n'en peux plus de toutes ces longueurs, ça m'épuise, et je me cramponne au rebord pendant qu'elle continue à aller et venir pour tonifier tout ça, fière de pouvoir nager beaucoup plus longtemps que moi. Elle se met sur le dos, tend les bras loin derrière. Quand elle s'arrête, j'ai envie qu'elle reprenne, alors je lui demande de me montrer comment nager droit sur le dos, elle m'explique la méthode, la mouche est endormie, ma mère me dit de venir, de faire comme elle. *Je fais comme toi, mais moins bien.* Voilà, tends bien tes bras en arrière et laisse tes oreilles dans l'eau, sous l'eau, ne sors pas la tête de l'eau, il faut que tu entendes ton souffle dedans, maintenant tu sais. *Non maman, je ne sais rien.* Autour de ses genoux, il y a des petits éclairs, et derrière ses chevilles, des veines discrètement abîmées comme de toutes petites peines, amoncelées là, et qui pèsent un peu pour avancer, chaque fois. Pas de grand drame, ni de vraie tourmente, et pourtant le vent dans sa tête ne la laisse jamais en quiétude. Depuis que j'ai quitté la maison, elle voit le temps passer et ne sait pas ce qu'il reste à faire. Souvent, elle dit à mon père que dans dix ans ce sera fini. Tout. Eux. La vie. Pour la faire pleurer, il demande pourquoi dix ans, et il ajoute Peut-être même maintenant.

La mouche dans l'œil a remplacé l'étincelle. À nouveau, ma mère s'est éteinte et l'agitation l'a reprise, comment faire. Elle s'ennuie, se lasse, s'inquiète quand la mouche vient lui brouiller la vue, elle dit que sa rétine se décolle. Dans le vestiaire, elle évoque une sclérose en plaques, une tumeur rachidienne, une luxation de l'épaule, oui, parfois ça joue sur la vue. Elle le jure. Et je ne peux pas la désapprouver dans ce cas-là, ce serait trop violent. La seule chose pour lui faire plaisir est de trouver pire. *À moins que ce ne soit une tumeur au cerveau, maman.* Et là, elle me sourit, elle va avoir quelque chose contre quoi se battre. D'ailleurs j'ai bien vu ses longueurs de piscine, elle me prend à témoin, la lutte a commencé, elle ne va pas lâcher.

– Tu sais pour ton père ? me dit maman en quittant les vestiaires.

Oui, je sais qu'il te trompe, mais il n'est pas méchant, je sais qu'il a aimé une fille de trente ans, que le voyage en Allemagne, c'était en Italie. Je sais qu'elle était là pour la remise des trophées, tu avais une robe jaune, et elle te regardait, elle avait un foulard dans les cheveux, et l'air sombre. Oui, je sais que c'est fini, mais c'est elle qui est partie. *Mon père n'est pas méchant, maman.*

– Tu sais alors ? demande maman, tu ne devines pas ? Essaye, je t'en prie.

Et la mouche est revenue, il n'y a pas de répit. On marche dans la rue, elle s'agrippe à mon bras, elle me demande si je ne veux pas qu'on aille boire un petit verre avant de rentrer chez soi.

– Tu devines, allez ! dit ma mère qui s'est mise à pleurer.

– Je ne comprends pas, lui dis-je, ne pleure pas, ce n'est pas grave.

Elle acquiesce, la mouche tombe. Elle dit qu'elle est contente, c'est l'émotion qui vient. Elle continue :

– À ton avis, qu'est-ce que j'ai trouvé pour l'anniversaire de ton père ? Qu'est-ce qui pouvait lui faire plaisir pour son anniversaire, à lui qui a tout ?

Et plus. Elle le quitte. Elle part. Elle part la tête

haute, et la peur au-dedans, elle va laisser sa place, ça suffit, elle pense que ça suffit. Et moi je suis dans le même sac, j'ai couvert mon papa, mais c'était pour elle, c'est pour elle que j'ai fait ça, je pensais l'épargner, qu'est-ce qui se serait passé, cet été, si je lui avais montré où habitait l'amante, dans le même village que nous, le petit hôtel à l'angle, à deux pas de la maison, où il allait aimer, au lieu d'aller marcher. On l'attendait souvent, souviens-toi, maman, et tu disais C'est bien, l'été il décompresse. *Je voulais te prendre contre moi pour être sûre que tu ne voies pas, mais tu as vu, n'est-ce pas ?*

Je ne veux pas qu'elle me dise qu'elle va quitter papa ou quelque chose comme ça, je ne veux pas que ça se casse maintenant que je suis partie, la maison a besoin de les garder ensemble, les murs vont tomber, il faut les ressouder, peut-être un accident, j'en ai marre de cette vie qui me sourit et la tord. La mouche sort de son œil, vient se poser sur ma joue, je la chasse, je me gifle. Et ma mère, étonnée, me regarde me gifler. Elle a l'air bien, soudain.

Il faut que j'y aille, je pars, elle me dit de l'attendre, Non, je suis très en retard, Mais laisse-moi le temps de te dire ! Elle accélère le pas. *Oh non, ne me dis pas*. Mais alors tu savais que les filles téléphonaient et que je le protégeais, lui ou toi, je ne sais pas, je venais le chercher doucement, et l'air de rien je lui disais C'est pour toi, c'est le travail. Et toi, dans la cuisine, tu répondais que franchement on avait de drôles d'horaires pour déranger mon père. Je mettais de la musique pour que tu ne l'entendes pas dire aux filles Voyons-nous ou bien Je pense à toi.

Elle me rattrape et me demande quelle mouche m'a piquée, où est-ce que je cours comme ça ? Mais non, je marche normalement, il faut que j'y aille, maman. Laisse-moi te dire enfin, *mais non, ne me dis rien*, oui, la femme de ménage, l'autre fois, dans le couloir, juste une main peut-être, mais il a pris sa taille, je l'ai vu et je suis venue près de toi pour que tu ne bouges pas. Je l'embrasse vite sur la joue et je file, dératée, elle crie maintenant plus fort, elle crie en souriant,

– On va dormir dans le phare, j'ai l'autorisation ! Il sera heureux, tu penses ? Depuis le temps que je la voulais, cette autorisation ! On va dormir dans le phare, tous les deux, tout en haut !

La mouche cogne ma tête, ma mère court derrière moi. Je ne veux pas la lui rendre, elle va aller dans le phare, toute seule avec mon père, sans la mouche, qui m'entre à présent dans l'oreille. Ils vont rester ensemble, la vie va les souder, ils ne vont pas se quitter. Il y a des événements qui rapprochent les parents. Il suffit de trouver.

Alors qu'elle me rattrape, je traverse sans regarder.

Se battre

Je ne comprends pas la violence de ma fille. J'ai voulu prendre rendez-vous avec un organisme pour en parler, mais on ne peut pas me recevoir avant deux mois. J'ai l'impression que beaucoup de mères ont un problème avec l'autorité. En attendant de me trouver un thérapeute, ils me proposent un stage qui n'a rien à voir avec mon sujet, mais la conseillère pense qu'une discussion avec des femmes un peu perdues me ferait du bien. Du coup, j'accepte de participer à la session « se battre comme une femme, pour ne plus se faire battre par un homme ». C'est gratuit et, après tout, c'est autant de temps que je ne passerai pas en compagnie de ma fille, dont je suis récemment devenue l'esclave. Son père m'a quittée pour une femme plus âgée et sans emploi, c'est à n'y rien comprendre, surtout que la pauvresse a déjà trois enfants et deux chiens. Ma fille l'aime beaucoup, elle trouve qu'elle fait de bons gâteaux.

Après la rupture, tout serait allé plutôt bien si ma fille ne s'était pas immédiatement transformée en machine de guerre. Je n'ai pas voulu la brusquer à cause de la séparation. Au début, j'ai pensé qu'elle supportait mal l'absence de son père et me la faisait payer. Ses notes ont chuté, elle a prétexté des maux de crâne, des crampes au ventre, pour traîner à la maison plutôt qu'en cours, elle a beaucoup regardé la télévision et je ne lui ai rien reproché, même si sa musique à tue-tête me rendait marteau. Je l'ai laissée vivre sa crise pendant que je terminais mon deuil. Après tout, et surtout avant elle, c'était moi que son père avait quittée. Et puis un jour, j'ai décidé de reprendre la maison en main, tout partant à vau-l'eau, sa chambre surtout, où elle m'interdisait désormais de mettre un pied.

– Range-la si tu ne veux pas que je le fasse. Je comprends que tu souhaites avoir ton territoire, mais respecte-le.

– Qu'est-ce t'en as à foutre ?

Je lis beaucoup de magazines où l'on explique comment négocier avec des enfants en crise, j'ai donc décidé d'appliquer tous ces conseils à la lettre.

– Écoute, chérie, je ne suis pas ton ennemie. Tu traverses en ce moment une période délicate, j'ai moi aussi été une adolescente. Toutefois (dans le magazine, la journaliste avait mis l'accent sur l'importance des mots de liaison entre les pensées, aussi essentiels que les gonds d'une porte, pour faire comprendre et admettre au jeune la logique d'une pensée adulte), nous vivons sous le même toit, et tu te dois de suivre certaines règles, comme la politesse et... (j'avais oublié la suite). Je veux que tu ranges ta chambre, elle sent mauvais.

– Tu n'as pas d'ordre à me donner. Je suis chez moi ici.

– Tu es chez toi, mais tu es aussi chez moi. Que dirais-tu si je laissais mes affaires traîner partout ?

– J'en aurais rien à cirer.

– Écoute, c'est très simple. Je te propose un marché. Soit tu te plies, dans la joie et avec bonne volonté, aux quelques règles de la maison, soit les punitions vont devoir tomber. Je peux moi aussi décider d'imposer mon règlement.

– Essaye, salope.

Dans le magazine, je n'avais pas le souvenir d'avoir lu le moindre conseil pour répondre à ce genre d'injures. J'ai essayé de me mettre à la place de la journaliste, de toute évidence plus avertie que moi, et, aussi vite que j'ai pu, j'ai répondu :

– Sa quoi ?

– Salope ! saloperie ! saleté !

Elle a filé dans sa chambre, et ça m'a arrangée parce que c'est sans doute ce que j'aurais exigé, mais dans l'article on recommandait cette punition pour les moins de douze ans, or ma fille en a bientôt seize. J'ai décidé de dîner seule face à la chaise vide de ma fille, j'ai beaucoup réfléchi en regardant cette place où je l'avais vue grandir. Mais, prise de nostalgie, j'ai fini par brancher la radio. C'est là que j'ai entendu une mère raconter que son enfant la frappait. J'ai éclaté de rire en me demandant comment les gens pouvaient se laisser faire si facilement. À ce moment-là, ma fille a débarqué dans la cuisine, elle a ouvert le réfrigérateur et sorti le bloc de foie gras que j'avais acheté en avance pour son anniversaire.

– Repose ce foie gras, je te prie, il n'est pas pour aujourd'hui.

– C'est pour mon anniversaire, non ? Donc c'est le mien, non ? Donc je le mange, et toi tu te tais. Tu crois quand même pas que je vais le passer avec toi, mon anniversaire !

– Tu reposes ce foie gras et tu retournes dans ta chambre. Je n'ai pas envie de te voir ce soir.

– Ça tombe bien, moi non plus !

Elle a quitté la cuisine et est allée se flanquer sur le canapé du salon avec son foie gras. Je ne savais plus du tout comment procéder, mais la moutarde me montait au nez, peut-être même qu'elle me piquait les yeux. J'ai décidé d'agir à ma guise en oubliant les conseils de la journaliste, qui m'avait bien laissée choir concernant les cas extrêmes. Je suis entrée dans le salon, j'ai éteint le téléviseur, que ma fille a aussitôt rallumé, je me suis postée devant pour m'entendre demander si mon père était vitrier, je lui ai alors arraché son foie gras et j'ai pointé mon doigt en direction de sa chambre. Elle a attrapé un vase qu'elle a jeté par terre. Je l'ai traitée d'hystérique, elle s'est mise à pleurer des injures, et elle a filé dans sa chambre en claquant la porte. J'avais gagné.

Le répit n'a été que de courte durée, elle est ressortie, les fesses à peine couvertes d'un foulard, sac polochon Barbie en bandoulière, elle a ouvert la porte, et puis elle est partie. Je n'étais pas fière avec le foie gras dans la main, et dans le nez son effluve de vanille musquée qui pourrait toujours me servir à la faire suivre si ça n'écœurait pas trop les chiens. J'ai attrapé une casserole d'eau et, lorsqu'elle a quitté l'immeuble, je la lui ai vidée sur la tête. Son étonnement m'a laissé le temps de descendre pour l'obliger à remonter. Je l'ai tirée par le bras, elle se débattait, elle a dit qu'elle allait me tuer, c'était vrai, l'eau ravivait son parfum, mais je me suis senti l'âme d'une adolescente et j'ai répondu Mon œil.

Les jours suivants, nos rapports se sont encore dégradés, j'ai décidé de la laisser faire, et ça a eu l'air de fonctionner, tout s'est arrangé. On a pu cohabiter. Un jour, alors qu'elle n'était pas là, j'ai rangé sa chambre, je n'ai pas jeté grand-chose à part de vieux mouchoirs et des saletés, rien lu des papiers qui traînaient, mais, quand elle est rentrée, elle s'est jetée sur moi. Elle m'a frappée.

Et me voilà maintenant dans le cercle des membres de « se battre comme une femme pour ne pas se faire battre par un homme ». Toutes les femmes présentes ici sont frappées par leur conjoint. Je me sens gênée d'avoir à raconter que, chez moi, c'est ma fille l'agresseur. Elles ont toutes quelque chose à répondre à ma situation.

– Mettez-la en pension.
– Parlez-en à son père.
– Tapez-la plus fort qu'elle ne vous tape.

– Ne la nourrissez plus, elle doit perdre ses forces.

Toutes ces femmes harcelées par un époux semblent terrassées par le récit de ma vie. L'une d'entre elles pointe un aspect précis de ma personnalité, elle dit que je suis consentante, puis, craignant de m'avoir vexée, elle me touche le bras en me disant Mais, attention, vous ne le savez pas.

Ça me fait une belle jambe. Elle peut même l'écrire sur mon plâtre, ça ne va pas changer grand-chose au fait qu'hier ma fille m'a cassé le nez. Je passais l'aspirateur dans le salon, elle l'a débranché parce que le bruit l'irritait, je peux le comprendre, je n'ai même pas tenté de le remettre en route, je me suis dit que je le passerais le lendemain, et je l'ai laissé en plan.

– Tu le ranges pas ? m'a-t-elle dit.

– Oh non, je le ressortirai demain de toute façon.

– Tu le ranges. Arrête de laisser traîner tes affaires.

J'ai souri, je pensais qu'elle m'imitait et puis qu'on plaisantait. Et là, elle m'a dit que j'avais l'air tellement bête, qu'il valait encore mieux que je n'aie plus l'air de rien, et elle m'a explosé le nez. Ça a saigné immédiatement, j'ai filé aux urgences et elle a crié par la fenêtre en m'envoyant un seau d'eau qu'elle espérait bien me voir ramener George Clooney.

Le groupe hoche la tête, dans un sens, dans l'autre, oui, non. Je préviens que je ne veux pas, contrairement à elles toutes, fuir mon domicile. Moi, j'aime bien ma maison, et je n'ai pas envie de finir dans un centre sous une fausse identité avec une perruque ou les cheveux teints. Je compte bien rentrer chez moi, quitte à y perdre mon œil ou un deuxième bras. Quant à mon odorat, vu les goûts persistants de ma fille pour le capiteux sucré, je ne le regrette pas. Grâce à mon groupe de parole, je comprends qu'en mêlant dialogue et action je dois pouvoir arriver à quelque chose. J'attends la fin du dîner, que j'ai accepté de passer devant le téléviseur allumé, puis, sans oser l'éteindre, je commence à parler. Je me lance, je pense à Anne-Valérie, mon binôme, dont la voix répète dans ma tête Lance-toi, et qui vérifiera bientôt par téléphone que j'ai agi.

– Veux-tu aller en pension ? dis-je à ma fille en baissant d'un ton.

– Qu'est-ce que t'as encore ? Ne me parle pas.

– Je pense t'inscrire en pension à la rentrée prochaine, je ne suis pas sûre que nous puissions encore cohabiter. Mais je vais te trouver un lieu agréable, à la campagne, ça te plairait ?

– Je préférerais à Tahiti. Allez, fous-moi la paix, j'ai dit.

Et là, elle se lève et secoue ma chaise. Je ne pense pas qu'elle veuille me jeter par terre, mais, avec mon bras dans le plâtre, je perds l'équilibre et je tombe le long du four, m'avachis sur le coude du bras valide et hurle. Alors elle me dit de la fermer et elle s'enferme dans sa chambre.

Avec mes deux bras plâtrés, je ne sais plus comment me rendre à mon groupe de discussion, et je me demande si ça ne vaudrait pas la peine d'apprendre à cogner. C'est drôle, je commence à avoir peur de la rue. Alors je ferme mes volets et puis les portes, à clef. Ça fait un mois que ça dure. Quand j'entends ma fille mettre la clef dans la serrure, je cours dans ma chambre, au risque de me blesser de nouveau. Je prépare le dîner, et je laisse tout sur la table de la cuisine. Je me dis que, comme les fauves, il ne faut pas l'affamer. Quand j'entends qu'elle a terminé, je vais ranger, et parfois non, je reste dans ma chambre, assise sur le fauteuil que j'ai collé à ma porte pour la bloquer. Elle claque la sienne, la rouvre, la claque encore, c'est son nouveau plaisir. J'entends le voisin du dessus donner du manche à balai contre le sol, mais je ne peux rien faire, à part peut-être l'appeler pour lui demander de descendre et de venir me sauver.

– Sors de là, j'ai besoin de toi ! vocifère ma fille un après-midi où elle devrait être au lycée.

– Je me repose. Que veux-tu ? dis-je à travers la porte, en essayant de garder une voix digne et normale, mais en reculant d'un pas et en protégeant mon visage.

– Tu me fais un ourlet à mon pantalon, ce soir je sors.

– Glisse-le sous la porte ! je m'en occuperai tout à l'heure !

– Ça passe pas, connasse !

– Laisse-le devant, je vais le prendre, tu m'as mis les épingles ?

– Non. Je l'ai sur moi. Tu vas le faire.

Ce qui me rassure, c'est qu'avec son histoire d'ourlet elle a besoin d'une mère à peu près valide. J'ouvre la porte, ne regarde pas ses yeux mais seulement le bas de son pantalon, et ses nouvelles bottes : des santiags avec des bouts en fer. Je m'accroupis. Comme j'aimerais lui planter des aiguilles tout autour des chevilles, j'aimerais qu'elle saigne, se vide et disparaisse, oui j'aimerais la manger et la rejeter après, ou enfiler ses bottes et cogner dessus. Elle écrase son mégot par terre, avant de l'envoyer un peu plus loin du bout de sa grole. Je continue à faire mes arrondis. Elle crache alors à quelques centimètres de mes doigts.

– Au fait, me dit-elle, je pars vivre avec papa.

– Très bien.

– Tu t'en fous ?

– Non, non.

– Si, tu t'en fous.

Ce n'est pas exact. Je ne m'en fous pas, je suis folle de joie. Mais comment le dire sans me prendre une énième mandale puisqu'il s'agit d'avouer quelque chose qu'elle n'appréciera sûrement pas. Anne-Valérie entre dans ma tête, Anne-Valérie ne téléphone plus, car je l'en ai instamment priée, et qu'il était dans notre accord d'abandonner l'autre si elle ne pouvait plus affronter le challenge, mais elle entre quand même, chauffe ma pensée et brûle ma langue, comme un grand coup de soleil. Et là, soudain, je dis, sans m'en apercevoir :

– Oui, je m'en fous, ça me fait même très plaisir. Quant à tes bottes, elles sont absolument aussi distinguées que ta belle-mère. Je souhaite que ses chiens fassent dedans et te prie de partir maintenant.

– Après mon ourlet.

– Tu as grossi. Tu as de grosses fesses. Allez, ma grosse fifille, file.

– Couds, vieille conne.

Alors je me relève, malgré mes deux bras plâtrés, et je lui crache à la figure. Elle baisse le nez pour que je ne voie pas ma salive couler comme une grosse larme sur sa joue. Elle part avec son pantalon qui traîne par terre et qui cache ses chaussures. Je me dis que dans quelques mètres elle se prendra les pieds dedans et tombera dans sa nouvelle vie sans que j'aie même besoin de pousser.

Nœud-nœud

Il y a un puits, avec un arbre. Il faut faire le tour du pied, non, du puits, entrer dans l'arbre, non, dans le puits, tourner autour de l'arbre, et serrer, tu comprends ? Une histoire pour chaque nœud, en marine c'est comme ça, et dans la vie aussi, le nœud est dans l'histoire.

Ma mère voudrait un nœud comme on rêve d'un enfant, d'un homme ou d'un voyage. Elle ouvre le paquet, elle attend un cadeau et c'est la déconvenue, alors, sans perdre espoir, elle recommence, elle tient, elle y tient, elle va y arriver, dit-elle à madame Hervé qui vient parfois vérifier que j'avance. C'est comme pour plier les torchons, on ne doit pas désespérer, ça entrera, ça fait dix ans qu'elle me montre et j'arrive bientôt à former un rectangle. Je passe le balai, j'accroche mon manteau, je mélange les pâtes à gâteaux, je brosse le chien, je m'habille toute seule, mais c'est ma mère qui choisit mes vêtements, elle n'apprécie pas mon style fleur. Je sais mettre en route la cassette de *La Mélodie du bonheur*, et je ferme la porte à clef. Ma mère dit à madame Hervé que, faute de dompter mon cerveau de débile, elle a habitué mes mains à quelques tâches indispensables pour vivre en bonne intelligence avec une maison. Je n'aurai pas de mari, mais ça ne doit pas m'empêcher de savoir faire mon lit. Depuis la couette, ça s'arrange. C'est une idée de madame Hervé qui a l'habitude des enfants nœud-nœud. Avec les draps, j'avais des problèmes, et ma mère criait pour que je tire sur le drap-housse. Elle avait si souvent insisté à propos de la couverture à tendre sous le rabat du dessus, que mon cerveau s'était retiré, plié mort dans un coin de ma tête. Et puis il y avait ce problème des angles, au bout du lit, elle a juré, et sur ma tête encore, que, tant que ce ne serait pas correctement accompli, je ne bougerais pas d'ici, elle criait tant que ça m'a empêchée de me coucher, il a fallu me réapprendre à dormir, je ne savais plus dans quel sens m'étendre, alors je restais debout sur le lit, face au mur, à faire le chef d'orchestre aux vagues du papier peint qui se transforment en souris si on les regarde longtemps. Puis elles filent en courant.

Ma tête s'absente, repos, je n'y peux rien, mais ma mère se demande si un jour je vais cesser de chasser les mouches. Souvent elle capitule, on ne peut pas faire un gâteau avec des œufs pourris ou voyager longtemps avec un penœud, un penœud, un penœud crevé.

Debout sur le lit, tournée face au mur, j'ouvre la bouche, j'invite une vague du papier à jouer avec ma langue, j'ai déjà vu des bouches se presser ensemble et je crois que j'ai l'âge d'accepter l'embrasement. Un goût salé entre, me trouble et me séduit. Le drame, quand je suis émue, c'est le pipi.

Ma mère met ses doigts à l'intérieur de ma bouche, elle y fait entrer la pâtée. Ne bouge pas, tu pisses comme une bête, mange comme une bête. Je serre mes mains autour de ses poignets. En cadence, elle cogne ma tête contre le pain mouillé de l'écuelle. Penchée sur moi, elle m'empêche de bouger. Pourriture, dit-elle en relâchant sa prise, ne compte pas sur moi, ne compte plus jamais sur moi, encore si tu pissais en dormant, je ne dis pas, mais réveillée, qu'est-ce qui te prend ?

Elle tombe par terre et pleure longtemps, la tête dans les mains, quelques-uns de mes cheveux coincés entre ses doigts. Elle se traîne sur le carreau. Elle ressent à la fois cette envie de me mettre en miettes et cette frayeur, quand même, à l'idée de me tuer. Elle aimerait me garder vivante, pour les fois où m'avoir l'occupe, pour ces jours bénis où elle me prend en photo après m'avoir déguisée, avec des loups, des chapeaux à voilette ou des casques de moto, de pompier, ces jours avec, où elle rattrape les jours sans. Elle persévère, il y a bien des choses qui vont finir par entrer, le vélo d'accord, c'était déraisonnable d'imaginer pouvoir me retirer les petites roues, mais autre chose, ne serait-ce qu'un geste utile dont je pourrais faire un métier. Elle éprouve pour mes mains dérangées la même honte que pour mon rire ou ma face molle. Elle voudrait que mes mains arrêtent de s'agiter pour rien. Elle me donne des bains quand le soir tombe, à l'heure où tout l'oppresse tellement qu'il lui arrive d'en faire couler deux pour passer le temps. Au premier, elle me lave et insiste aussi fort que si j'étais couverte de suie. Au deuxième, elle m'enfile un gant de toilette sur chaque main et me montre comment me frotter. Ça marche un peu, elle est contente. C'est la fête quand elle a gagné, alors je tape dans mes mains, je me félicite, bravo maman, et elle crie, aveuglée de savon, de ne pas faire ça, qu'il ne faut pas. Quand elle me regarde, elle compte, mais quoi. Vingt ans que je vis, et elle ne sait pas à quoi ça tient.

Elle s'en veut de m'avoir tapée, j'aime bien quand elle s'en veut. Je pars doucement en m'essuyant la bouche. Le chien me lèche les doigts. Je le prends avec moi et ferme la porte de ma chambre. Il flaire mon derrière mouillé. Je m'assois sur le lit, l'objet de mon délit, j'enlève mon pyjama et le dépose sur le rebord d'une chaise comme j'ai vu faire ma mère, il va sécher. Je mets ma robe rose, elle va m'aimer. Chaque matin, elle espère que lui vienne pour moi un sentiment caché, dans l'air ou l'ombre, qu'il faudrait seulement extraire des nuages, cueillir délicatement. Mais, chaque matin, elle désespère. J'ai mangé les chaussettes qu'elle m'enfile sur les mains parce qu'elle voudrait que mes mains, au moins ça, juste ça, deux mains, quelques doigts, elle demande grâce au ciel, elle voudrait que mes mains ne deviennent pas des moignons pendant la nuit, qu'est-ce qu'elle va faire de moi ? J'ai mangé les chaussettes, on dirait des mitaines, et mes doigts bougent, à l'air, pelés, tachés de sang. Je mange mes mains, je n'ai trouvé que mes dents pour arrêter mes mains. Déjà assez compliquée comme ça, déjà assez tordue, bizarre, insuffisante, et pourtant non, ça ne suffit pas, elle s'abîme les mains, dit ma mère. À quoi bon avoir des mains de pianiste quand mon cerveau ne peut retenir le nom d'une seule note ? Alors je mange mes ongles, ma peau, et quelquefois plus loin dans le doigt, des morceaux de moi. Des abcès poussent, on les cache sous des poupées. Mais mes mains continuent de virevolter, comme pour chasser ma mère.

Les lèvres de ma mère brillent toujours après les disputes, comme si quelqu'un lui avait bavé dessus. Elle attend longtemps pour venir dans ma chambre, mais les débiles mentaux n'ont pas l'exacte notion du temps, alors combien. Elle entre, je joins les mains, leur ordonne de rester mortes, l'une dans l'autre ; si elle les voit folles, mes tapettes à mouches, elle va se mettre en colère, alors qu'elle vient juste de trouver une solution pour se calmer, et malgré les conseils de madame Hervé qui s'oppose, sur la question urinaire, à l'infantilisation des débiles.

– On sort. Colle-toi ça.

Elle lance une couche sur mon lit et ressort en claquant la porte. C'est long, rectangulaire, sans élastique, ça dépasse des deux côtés de ma culotte. Elle rouvre la porte.

– Et tu enlèves cette robe. Tu enfiles ton pantalon jaune. Et puis tu fermes la bouche, tu mets une barrette, tu te tiens droite, tu sors tes doigts de ton nez, tu ne fixes pas les gens, tu ne touches pas les enfants, tu ne sautes pas, tu ne cries pas, tu restes digne, tu n'applaudis pas les agents de police, tu comprends ? Tu ne mets pas ta main dans ta culotte. Si tu mets ta main dans ta culotte, je te préviens... Tu ranges tes mains, dans tes poches, tu comprends ? Maîtrise-toi. Bourreau.

– C'est ma robe.

Dans la rue, elle me tient par la main. Quand elle en tient une, ça m'empêche de chasser avec les deux, la solitaire s'occupe toujours des mouches, mais on la remarque moins. Ma mère espère pouvoir se débarrasser un jour de ma main, la rendre autonome, alors elle organise des exercices. Elle la serre de plus en plus fort, puis la jette sur le côté. Je dois essayer de la garder pendante, le long de mon corps. J'attrape le bas de sa manche pour avoir un appui, sans lui toucher la peau pour ne pas l'énerver, mais elle se dégage d'un haussement d'épaules, d'un mouvement de sac. Maîtrise-la. Je sais qu'il est temps de la laisser me dépasser. Si je marche devant, elle me reproche les commentaires qui fusent sur mon passage.

– Je t'avais dit de retirer ta robe, tout le monde se moque, c'est un déguisement, tu comprends. On ne sort pas habillée comme ça. Tu es grande. Tu dois être digne. N'oublie pas que tes mains ne te donnent déjà pas l'air très normal. Apprends à te maîtriser.

– Oui. La fée Morgane.

Grâce à moi, les hommes se retournent sur elle. Elle devrait me remercier, mais non, elle se déhanche, traîne son tas de pisse qui prend garde à ne pas trop écraser sa belle ombre, même si ce n'est pas l'envie qui me manque de sauter dessus à pieds joints. Mes mains folles chassent l'air à grands coups, plus je les retiens, plus elles dansent. Alors ma mère me tend à nouveau la main, je l'attrape au vol et on traverse, on passe devant les boulangeries, elle me demande d'arrêter de regarder les gâteaux avec ces yeux-là. On fait systématiquement le détour pour ne pas passer près de la carriole de Marinette, parce que ma mère n'aime pas quand je dis bonjour à Marinette. Il paraît que je ne dis pas bonjour normalement et c'est gênant. Il serait temps que je réussisse à poser ma voix. Quand j'ai faim, je lèche le bras de ma mère, du coude au poignet, ça la fait hurler. Pour que je cesse, elle sort un goûter de son sac. Elle a glissé du chocolat dans un petit pain, je suis contente. Normalement, elle met du beurre, en couche épaisse, elle dit que j'ai de la chance d'avoir une mère qui pense à mon calcium et s'inquiète de faire hâter la repousse de la peau de mes doigts. Après avoir avalé le goûter, je dois ranger mes mains sous mes fesses et l'attendre sur le banc du parc, ce ne sera pas long. Elle a seulement rendez-vous avec Patrick Lamy. Elle doit me laisser.

Je regarde les enfants décalcifiés s'amuser dans le sable. J'écarte un peu les jambes pour éviter le frôlement du scotch de la serviette à pipi et de ma peau. Avec Patrick Lamy, elle écarte aussi les jambes et aura sûrement des enfants comme ceux qui jouent là. Je donne le pain aux pigeons, je croque dans le chocolat, je pense à mon chien, je me demande pourquoi maman ne veut pas que je reste avec lui dans la maison. J'aime bien mon chien. Quand je joue avec mes mains, il leur donne la patte ou s'aplatit, menton au sol, comme si mes doigts agités lui concoctaient un bon dessert. La nuit tombe. Les enfants commencent à rentrer chez eux, je ramasse un jouet perdu, je le mets sous mes fesses et j'attends que ma mère revienne, la bouche mordue, le corps instable, la voix rauque, chargée d'amour. Bientôt, elle ira à Marseille avec Patrick Lamy qui est marin pompier. Elle va voir avec madame Hervé pour me placer au mieux, parce qu'elle a peur qu'à Marseille je me sente un peu perdue. Je pourrai venir si j'ai des vacances. Il y a des accompagnateurs bénévoles qui descendent les débiles en train, en voiture et en silence.

Dans le square, les mères continuent de discuter et surveillent les jeux des derniers enfants. Parfois elles tiennent un élastique avec leurs pieds ou comptent les points d'une compétition de toboggan. Je suis la plus grande du square, je prends un œil concerné, je fais comme si j'avais la garde d'un enfant du bac à sable, j'en choisis un au hasard, auquel je souris bêtement dès qu'il regarde dans ma direction. Une fois sur deux, il me tire la langue. Main gauche chargée de fourmis sur laquelle pèse mon corps, main droite au fond de la gueule, je regarde les enfants se coller à leur mère, la nuit tombe, ils ont du chagrin. Elles attachent les manteaux, nettoient les mains noircies par les jeux dans la terre. Ils partent et les amoureux entrent. C'est la sortie des lycées, on s'embrasse, on pousse de petits cris dans les herbes. Je pose mes pieds sur le banc pour avoir l'air délurée, je me dis que c'est mieux qu'attardée. Je guette les souris qui passent après les baisers. Je frotte mes fesses contre le bois du banc en attendant ma mère, et je racle mes dents les unes contre les autres comme si je frottais deux silex. Petite flamme vacillante, grande terreur émouvante, elle arrive en courant, freinée par ses talons pointus, les cheveux ébouriffés et le visage humide à cause des baisers de Patrick Lamy. Je me dirige vers elle, elle ouvre ses bras, me serre une seconde, avant de se plaindre d'avoir chaud et de coller. Et puis elle me dit Viens, allez viens, on va prendre un bain, on va faire des nœuds, tu te souviens, des nœuds de toutes sortes, des nœuds merveilleux. Elle m'entraîne dans sa course, elle veut rentrer chez nous, elle dit qu'on va manger des pâtes, préparer des valises et faire des nœuds. Après le bain, elle m'explique que dix jours c'est peu, il faut qu'on profite l'une de l'autre, mais dix jours c'est combien ? C'est le temps entre ma fête et mon anniversaire, mais comment je m'appelle ? C'est un peu plus que l'écart d'une semaine entre deux ateliers d'équilibre, mais un peu moins que le temps qui s'écoule entre deux visites chez l'orthophoniste. La dernière fois qu'on était il y a dix jours, c'est quand Patrick Lamy a demandé à maman de venir vivre avec lui, mais sans moi. J'étais derrière la porte, j'ai entendu, je ne suis pas sourde. Elle n'a pas hésité.

La gendarmerie se demande si ma mère n'a pas essayé de se rattraper au dernier moment à la rampe de l'escalier au-dessus duquel la corde l'a étranglée, on s'étonne de trouver sa main si fermement recroquevillée sur la rambarde. C'est la petite qui l'a découverte, elle l'a attrapée par les pieds pour la faire bouger, dit la gendarmerie. J'approuve, on me sourit. Ce que je ne dis pas, c'est que le corps de ma mère enroulé sur lui-même dans un sens tournait ensuite à grande vitesse dans l'autre. Je l'attrapais par les chevilles, une dans chaque main, bien occupées mes mains à ce moment-là, et je donnais l'impulsion du mouvement, dans un sens puis dans l'autre, j'ai fait valser ma mère, oui c'est moi son bourreau. Et j'ai beaucoup tapé dans mes mains sous son cadavre pendu. Le nœud autour de son cou ne s'est pas relâché d'un millimètre, je maîtrise. Juste avant de devenir raide, elle a dit quelque chose, mais je n'ai pas compris, je crois que c'était Détache-moi, ou alors Je t'en prie.

On va bien s'occuper de toi, a dit madame Hervé qui m'a conduite au centre. Ta maman ne supportait plus la vie, mais tu n'es pas responsable.

Le centre est le paradis des mains. Le mercredi, on participe à un atelier d'ombres chinoises. Une spécialiste nous montre comment placer nos doigts pour décorer les murs. Avec Rose et Émilie, on se vernit les ongles, on ne désespère pas de trouver le moyen, un jour, de fabriquer des ombres chinoises en couleur.

Quand madame Hervé m'emmène en sortie et que

je reviens, ou bien quand je me mets à la fenêtre de la maison des nœud-nœud pour regarder dehors, le temps qu'il fait ou la nature qui varie, tous les autres, dans le jardin, avec leurs dizaines de mains, me font signe. Leurs paumes sont des étoiles de mer, exactement comme celles que décrivait Patrick Lamy à ma mère qui n'ira nulle part, celles que l'on trouve en plongeant au fond du puits, là-bas. À Marseille aussi, il y a un puits, avec un arbre, le serpent sort du puits, il fait le tour de l'arbre et il rentre dans le puits.

Ma mère ne meurt jamais

Non, docteur, maman va très bien. Il est classique chez certaines personnes de se laisser un peu aller, surtout en été. Tout le monde a chaud, tout le monde est fatigué, il faut se secouer, prendre une bonne douche, sortir à la fraîche et on s'en tire. Je sais que je n'ai pas son âge, ce n'est pas la peine de me le faire remarquer, ça devient pénible, ce n'est pas parce que ma fille aime sa grand-mère qu'elle peut se permettre de critiquer tout ce que je fais. Elle trouve que je lui parle mal, il paraît que je la houspille – pour une fois qu'elle utilise un mot nouveau – et ça lui déplaît, mais, si personne ne s'en charge, ma mère va sombrer, elle profite de l'attention qu'on lui porte pour ne plus en ficher une. Ce n'est pas lui rendre service. Si on fait tout avant qu'elle le fasse elle-même, elle va s'étioler. Oui, je la force, mais ce n'est pas pour l'ennuyer, c'est pour l'inciter. L'autre jour, elle a encore laissé le gaz allumé et n'a jamais bu l'eau qu'elle y faisait chauffer. Tout ce qu'elle répond, c'est qu'elle n'a pas trouvé les allumettes. Alors qu'elles sont là, les allumettes. À Noël, on lui a même offert un distributeur d'allumettes qu'on lui a fixé au mur. On lui a bien expliqué ce que c'était, on lui a montré comment s'en servir, eh bien non, c'est comme pour le micro-ondes, ça ne prend pas, vous savez ce que je pense ? C'est une forme de chantage, pour qu'on soit là tout le temps. La preuve, quand je lui prends une garde-malade, elle lui fait la tête, c'est gênant. Elle regarde par la fenêtre. Je ne peux pas y passer tout mon temps, j'ai ma vie aussi.

L'autre fois, j'arrive et je la vois pliée sur son chéquier, comme sur un désespoir. Elle avait signé à la place de la date et mis l'année à l'endroit du montant. J'ai déchiré le chèque, elle m'a demandé de le remplir, et j'ai refusé, j'ai attendu qu'elle accomplisse la tâche qui lui revient, et en entier. Elle faisait exprès de trembler, d'écrire de façon illisible. D'ailleurs je lui ai fait refaire. Deux fois. Elle s'est mise à pleurer. Et ma fille, qui m'accompagnait, m'a regardée avec violence, de quoi elle se mêle à la fin, c'est ma mère dont il est question. Si je fais tout mal, je n'ai qu'à les planter là un jour, et aller pondre ailleurs, comme m'a dit ma fille aimablement. Je sais ce qui est bon pour ma mère, moins elle en fait, moins elle en fera. C'est comme pour le sommeil, si elle dort trop, après elle est dans les vapes toute la journée. Réveillez-la, docteur, d'ailleurs ! Je lui dégage une sieste de deux heures, c'est déjà bien. Je l'appelle pour lui dire de fermer les yeux, et je viens moi-même la tirer du sommeil vers quinze heures trente. Là, quand même, à dix-huit heures passées, c'est du laisser-aller. D'ailleurs, vous la verriez manger son goûter ! Pourtant j'achète les petits sablés au beurre qu'elle aime bien, mais elle me fait un de ces spectacles. Elle en fiche partout, et je dois aussi lui essuyer les commissures des lèvres. Elle ne dit même plus merci quand je lui apporte son plateau. Elle renverse son thé une fois sur deux. Elle ne le remarque pas, ou elle fait semblant, elle le laisse sur ses draps, mouillés, tachés. Alors je la lève, j'essuie son poignet rougi par la brûlure, j'essaye de ne pas crier, mais c'est tellement énervant que, d'accord, parfois je lui dis que j'en ai marre qu'elle ne fasse pas un petit peu attention. Et je lui prends le bras brutalement pour la lever. L'autre fois, elle m'a dit Tu me fais mal, et je n'ai pas réussi à la lâcher, ça m'a tétanisée, j'ai un cœur, mais je n'aime pas qu'on se paye ma tête. On a du mal à la lever aujourd'hui ! Elle dort bien, hein ? Pour une traumatisée !

Elle est parfois fatiguée, mais pas tout le temps, je ne peux pas croire ça. Elle m'a appris à ne pas mentir et maintenant elle se paye ma tête. Elle ne fait même pas d'effort sur les choses faciles, comme les programmes à la télévision. J'essaye d'évoquer avec elle une nouvelle émission, et elle se bloque, elle dit qu'elle ne se souvient pas, ce n'est pas ma mère, ça, ma mère n'est pas une vieille gâteuse. Vous savez, docteur, je vous remercie d'avoir eu la gentillesse de vous déplacer, je ne sais pas ce qu'elle vous raconte, mais je ne suis pas méchante, je suis là comme un tuteur contre une branche un peu paresseuse qui a tendance à piquer du nez. On a déjà parlé des fuites, vous voyez ce que je veux dire, mais je ne vous ai pas raconté son petit manège au téléphone, quand les enfants l'appellent et que parfois elle ne les reconnaît pas. Elle peut passer dix minutes à répondre seulement oui et non, je ne sais pas ce qu'on lui a fait, mais ce n'est pas de la déprime, elle joue à un petit jeu très désagréable, et je ne me laisse pas berner. J'ai raison, n'est-ce pas, docteur ? Depuis que j'ai engagé cette garde-malade pour pouvoir m'échapper un peu, elle me fait du chantage, ça porte ce nom-là et aucun autre. Quand je lui parle, elle ferme les yeux, c'est agréable, je vous jure. Vous prenez un café, docteur ? Et au lieu de m'épauler, quand elle m'accompagne, ma fille me gronde comme si c'était ma mère. Parce que ma mère, oui, elle pourrait me gronder parfois, ça me ferait plaisir qu'elle reprenne un peu ses droits, mais non, elle laisse dire et aller, comme son dos qui s'avachit sur le dossier des fauteuils. Droite, j'ai dit. Elle peut pas ! hurle ma fille, pourquoi tu l'ennuies ?

L'autre fois, j'ai été contente, ma mère a dit à ma fille de ne pas me parler sur ce ton, alors ça m'a radoucie. Ça me rend dingue, docteur, il faut que vous fassiez quelque chose, donnez-lui des vitamines, remontez-la et secouez-la, à force de la plaindre, ça devient n'importe quoi.

Oui, docteur, j'ai tous les résultats, et à part quelques papiers que je n'ai pas ouverts, tout a l'air normal, même le cholestérol. Je ne sais pas où j'ai mis les niveaux des plaquettes, mais ça va, c'est juste une fatigue passagère. Depuis un an peut-être. Vous voyez quelque chose ? Vous pensez que si j'essayais de l'emmener à la mer cet été ? Mais, pour la faire monter dans la voiture, c'est compliqué, elle n'arrive plus à avancer.

Non, docteur, ma mère ne va pas mourir.

On marche vraiment sur les bords de l'hystérie, et tout ce qu'il leur reste à faire, à tous, quand j'ai agi, c'est critiquer. Vous n'allez pas vous y mettre aussi, docteur ? J'aimerais bien vous y voir si vous aviez une mère qui bave.

C'est l'inverse, docteur, je vous dis qu'il faut qu'elle se lève, alors pourquoi lui fermez-vous les yeux ?

Dix opérations en dix ans

Je marche et, pendant que je prends mon temps, elle reste. Elle m'a dit qu'elle m'attendrait pour mourir, elle l'a dit comme ça, les mots dans cet ordre, calmement, assurément, et elle tient toujours parole. C'est en elle, c'est pour moi. Si j'avais pris la voiture, si à cette heure j'étais arrivée, elle serait déjà partie. J'ai bien compris. Je l'appelle plusieurs fois par jour. Elle décroche, elle n'est jamais trop fatiguée pour refuser de me parler, elle ne dit rien sur elle, elle demande où j'en suis. Elle dit seulement Dépêche-toi. Je lui réponds que mes pieds n'ont pas encore fini d'écraser le soleil.

Parfois elle se réveille, elle m'appelle. Une nuit, le téléphone a sonné, et c'était elle, au bout du fil, pour m'annoncer qu'elle allait mourir. Bientôt, m'a-t-elle dit, quand, on ne peut pas le dire exactement, mais bientôt, c'est une promesse. Je lui ai dit que j'allais venir, elle a répété oui plusieurs fois, comme s'il y avait déjà l'écho. Mais à pied, ai-je ajouté, je veux venir à pied. Écho contre écho, on s'est tues. J'habite au sud de collines vierges et vides, un désert, elle habite à Paris, elle est d'une famille parisienne depuis trois générations, et alors. Bientôt. Elle avait envie de me voir, mais n'a rien dit, rien forcé, seulement répété Fais comme tu veux, comme tu préfères, comme tu crois. Il y avait du regret dans sa voix, une incompréhension, un doute. Je l'ai rappelée pour lui dire qu'elle me reverrait. De toute façon je t'attendrai, a-t-elle encore répondu.

Je marche vers ma mère, je compte mes pas, les églises, les cailloux. J'ai huit cents kilomètres à parcourir, et des poussières si je décide de faire le tour des villages, d'ailleurs je ne suis jamais allée jusqu'à Velaux, ni jusqu'aux Guigues. Et les Cravons ?

Je ne comprends pas quelle est ma responsabilité, là-dedans, dans cette date, l'arrêt de jeu, je ne comprends pas pourquoi ma mère ne pourrait pas attendre encore, des semaines, neuf, des mois, neuf, des années, neuf, davantage, pour faire, pourfendre, poursuivre, achever. Souvent me revient cette image d'elle. J'étais enfant. Elle avait mis du rouge à lèvres avant que j'arrive à l'hôpital, elle venait de subir une opération, elle portait un kimono dans les tons de vert, elle souriait, assise, à peine en appui sur ses oreillers, elle bougeait le bout de ses pieds. Elle ne me racontait pas son opération, je lui parlais de l'école, tout allait mal, là-bas, mais je ne le disais pas. Je disais que ça allait, les notes, les amis, le sport, la récréation. Parfois on dit ça va comme on dit ça suffit. Longtemps, elle est restée à l'hôpital. À moi, on demandait de ne pas m'inquiéter, mais on disait quand même Dix opérations en dix ans, tu te rends compte ? Soudain il semblait qu'on m'en avait trop dit, alors on m'expliquait que ce n'était rien, ah bon tant mieux, j'avais cru, dix ans, pile depuis ma naissance finalement, vous vous rendez compte ? Mon père me réveillait le matin pour aller à l'école, le soir il m'emmenait chez Ferrari, un restaurant italien en sous-sol avec un magasin sur la rue et des légumes en bocaux qui nous regardaient nous éloigner à travers leur hublot. Je convertissais : dix opérations en dix ans, huit en huit ans ? Peut-être. Et toutes la même année, pourquoi pas ? Mais dans ce cas on ne dirait pas dix ans, on se contenterait d'un an, on dirait dix opérations en un an, et mon père arrêterait, mais non, il continue, persiste, s'enfonce, l'enfonce, nous enfonce, il le dit à la maîtresse, la professeur de danse, l'orthophoniste, dix opérations en dix ans, comment ne pas tout perdre, quand on passe son temps à ouvrir ma mère.

Et à ses amis elle le dit, dix opérations en dix ans, ah oui et quel âge a la petite ? Dix ans. Ça ne cesse pas. Vingt opérations en vingt ans ? Ça alors. Et moi, rien, jamais malade, même avec un gant froid sur la gorge pour essayer, quand même, de monter à trente-huit. C'est pas bientôt fini, la mascarade ? Tu n'as rien du tout, me dit-elle quand, pliée en deux, je jure que je vais mourir debout et à la seconde. Personne ne comprend que, avec une mère opérée dix fois en dix ans, j'ai développé une maladie creuse et orpheline, dont je ne parviens pas encore à définir le contenu, mais qui existe, il ne manquerait plus qu'on me l'enlève, celle-là, et qu'on la donne à ma mère.

Cette fois elle meurt, je suis partie vivre ailleurs et en échange elle déménage. Chaque fois que je bouge, ça enclenche une suite, un résultat en dehors de moi. J'agis et l'effet rebondit sur ma mère. Quand j'étais dedans, il paraît que de sentir bouger mon corps lui donnait le vertige, alors que c'était moi qui avais la tête en bas. Je marche vers elle, il va bien se produire un drame sur la route, m'arriver quelque chose, ou au moins une idée, depuis le temps que je la cherche, cette idée, pour la sauver et me perdre. Je marche et, quand j'arriverai, elle aura des ampoules, c'est ainsi qu'on fonctionne. Quand j'ai mal au ventre, on retire son côlon ; quand j'ai mal à la tête, on lui trouve une bille cachée derrière un œil. Si j'ai mal quelque part, aussitôt ma mère meurt. Si j'ai peur, elle appelle ; si j'ai soif, elle transpire ; on n'a pas vu donner autant et sans retour. Si je prends, elle donne. Si je marche, elle accourt. Si je pars, elle revient. Tiens, j'essaye. Ce serait bien.

Table

Claire Castillon
dans Le Livre de Poche

Le Grenier n°15365

La narratrice est une jeune femme amoureuse. L'homme, Simon, est marié. Ses absences, ses mensonges, le foyer conjugal où il retourne, tout cela la déstabilise. Il est heureux, elle ne l'est pas. C'est dans un souvenir d'enfance qu'elle a retrouvé l'image du grenier. Elle se perçoit comme un grenier. Son corps lui sert à entasser de la mémoire, des êtres imaginaires. La semence de son amant. Et puis ce qu'elle mange, dans une boulimie qui lui fait avaler jusqu'aux lettres de Simon, voire son permis de conduire, « avec la photo et l'agrafe ». Une écriture vibrante, un style rapide, des mots tour à tour crus et doux : ce premier roman plein de colère nous offre le portrait d'une femme qui puise au fond d'elle-même les forces dont elle a besoin pour guérir ses blessures et apprendre à composer avec la réalité.

Je prends racine n°15448

« Je voudrais un homme avec deux jambes, capable de faire les pas que je n'ai plus envie de faire, un homme à mes côtés, tous les 28 du monde [...] Je voudrais un homme talentueux pour m'expliquer où est le beau. Un homme qui me fasse des enfants puis me défende s'ils deviennent vils [...] Je voudrais qu'il m'épouse encore, chaque 28, et infiniment répète le oui dans toutes les langues. Qu'à soixante ans l'on se rende compte qu'on a oublié l'essentiel, peut-être nos consentements en Chine, et qu'à pied, jusqu'à la Muraille, on parte les récupérer. » Avec naïveté et lucidité, tendresse et exigence, Cécile Valette raconte son quotidien étriqué de jeune vieille fille enlisée dans une vie où elle n'ose prendre le risque d'avancer. Dans ce roman pathétique et drôle, on retrouve le style si particulier de Claire Castillon, intense, poétique, plein de folie et de fureur douce.

Pourquoi tu m'aimes pas ? n°30331

« Quand je regarde mon père, cette chair molle livrée aux loups, ma gorge se noue. Il traîne dans le marché couvert. Il va attendre la nuit pour rentrer. C'est toujours cette lassitude à l'idée de devoir ouvrir la bouche, dire bonsoir, ce mal dans la peau, mal à ses membres lourds, ce sommeil aux aguets, prêt à l'abattre en plein vol. » Il a dix ans. Il redoute que survienne un drame entre ses parents. Jusqu'au jour où, las de leurs gesticulations, il accomplit en toute innocence un acte libérateur. Voilà comment on devient un méchant garçon, bien dans sa peau, de loin supérieur aux siens dans l'art de faire mal. Voilà comment on poursuit sa course jusqu'à devenir l'homme qu'on va devoir être.

La reine Claude n°30081

« C'est l'histoire de ma vie qui a croisé la tienne, c'est l'histoire de nos nerfs en crise, de deux malades qui n'ont que l'amour pour moteur, la rage de rester haut. C'est l'histoire de deux têtes capables de se saborder pour que l'autre ne meure pas. C'est l'histoire du sillon creusé depuis cette rencontre-là, le long duquel poussent les fées et les fleurs. C'est l'histoire d'un prunier à déraciner parce qu'il s'est fichu au milieu, et les fleurs n'ont plus d'eau. Il faut l'abattre, en faire du bois, le bois de notre croix et celui de nos feux. Tu ne mourras pas. Je t'aime. »

Vous parler d'elle n°30523

Quel est ce bruit qui la terrifie ? D'où viennent ces visions qui la hantent, et cette peur enfantine et diabolique à la fois ? Depuis combien de temps est-elle cachée là, suspendue sous les poutres du toit de sa maison d'enfance ? Et si c'était elle, l'oiseau de malheur ? Au bout de ses doigts, les os poussent et s'aiguisent, sa langue se transforme en crochet, ses dents sont aussi acérées que des couteaux. Qui est l'ennemi ? Elle revoit sa vie, mais que valent ses souvenirs ? Elle est la fille chérie d'un père chéri, fille trop aimante qui veut partager sa couche. Adolescente, elle va de motel en motel pour s'offrir aux soudards. Elle est cernée par des chasseurs à l'odeur de viande fraîche. Plus tard, elle devient la proie consentante d'un amant cruel et inflexible. Elle piétine leur amour autant qu'elle le protège. Elle enfante mais aucun nourrisson ne survit à sa haine des hommes. Dans sa détresse, elle n'a plus d'âge, plus d'identité. A-t-elle jamais existé ? Désordre de la mémoire, mensonges et vérités, enfance en loques et amours saccagées, Claire Castillon nous entraîne dans un labyrinthe à couper le souffle.

Du même auteur :

LE GRENIER, Anne Carrière, 2000 ; Le Livre de Poche, 2002.

JE PRENDS RACINE, Anne Carrière, 2001 ; Le Livre de Poche, 2003.

LA REINE CLAUDE, Stock, 2002 ; Le Livre de Poche, 2004.

POURQUOI TU M'AIMES PAS ?, Fayard, 2003 ; Le Livre de Poche, 2005.

VOUS PARLER D'ELLE, Fayard, 2004 ; Le Livre de Poche, 2006.

ON N'EMPÊCHE PAS UN PETIT CŒUR D'AIMER, Fayard, 2007.

Composition réalisée par P.C.A

Achevé d'imprimer en février 2007 en France sur Presse Offset par

CPI

Brodard & Taupin

La Flèche (Sarthe).
N° d'imprimeur : 40199 – N° d'éditeur : 82603
Dépôt légal 1re publication : mars 2007
LIBRAIRIE GÉNÉRALE FRANÇAISE – 31, rue de Fleurus – 75278 Paris cedex 06.